長生殿

秋風泉——著

目次

楔子

……爾來四萬八千歲，不與秦塞通人煙。西當太白有鳥道，可以橫絕峨眉巔。地崩山摧壯士死，然後天梯石棧方鉤連。……

……問君西遊何時還？畏途巉巖不可攀！但見悲鳥號古木，雄飛雌從繞林間。又聞子規啼夜月，愁空山。蜀道之難，難於上青天！使人聽此凋朱顏。……

李白〈蜀道難〉

一、

唐貞元十二年。

太白山。

他走出樹林時，她正在澆菜。

他怔怔地站在原地，睜大眼睛想把她看清楚。儘管他心裡已經相信了，仍然不敢確定那究竟是不是她。

她的頭上只有幾縷銀絲，腰微微地彎了，一揮手，一轉身，卻還是輕盈得和當年沒有半點分別。

他從來沒有想過這些年她會過著什麼樣的生活，也沒有想過她會變成什麼樣子。

不是他不想，是他不敢。

只有沉浸在過往的回憶中，那些他們共同度過的日子裡，他才能忘卻分離的現實。

眼前這個人，難道就是現實？

他沒有感覺到他的雙腳微微發顫，也沒有發現自己的淚水一滴滴落在地上。

他只是靜靜地看著她澆完一園菜，然後注意到他。

她的額頭上漸漸冒出了一顆顆晶瑩的汗珠，臉上已經有些歲月的痕跡，笑容卻輕柔得像個少女正看著她的情郎。

她的笑好像也和當年一模一樣。

這究竟是不是夢？如果他走向她，眼前的一切會不會就如煙雲一般消散？

他想出聲叫她，但喉嚨就像忽然被人捏住了，一個字都出不了口。

不知道為什麼，她也只是一直對著他笑，一句話都沒有說。

二、

她終於走向他，語氣輕柔得彷彿連她自己都不太習慣。

「年輕人，你怎麼了？」

他卻像聽見了世上最惡毒的言語，身體似乎冷得連淚水也凝結。

「妳……妳說什麼？」

「我說，你怎麼了？」

「妳叫我什麼？」

「年輕人？」

他看著她，想找出她身上有哪裡不對勁。

他沒有認錯人，早在遠遠望見她的背影時他就知道了。

他們約定過，天上人間，永不分離。他已經找尋她四十年，她每一個角度的每一個動作都在他腦海裡迴盪了無數次，即使他在水中認錯了自己的倒影，也不會認錯她。

可是她竟然叫他年輕人。

他為什麼叫他年輕人？

難道她不想認他？

她的確有理由恨他。當年發生的事，連他自己都無法原諒自己，所有的事情歸結到最後，都是他造成的。

但是她從來沒有怪過他，那些年沒有，當時沒有，就是現在也溫柔得沒有一點責怪的意思。

那她為什麼不認他？難道他的臉髒了，所以她不認得他？

他急忙用衣袖大力在臉上抹了抹。

塵土和著淚水，愈抹愈是不乾淨。

她輕輕地笑了：「你可要洗把臉？」

他放下雙手，直直瞧著她的眼睛。

這是他魂牽夢縈的眼睛，也是雙看著陌生人的眼睛。

如果把臉上的塵土都洗去，這雙眼睛是不是就能夠認出他？

他點頭。

三、

他走得不快，不是因為接過了她挑著的兩個水桶，而是走過大江南北，萬水千山，到了這一刻他反而想慢下來。

她走得倒挺快，嘴裡哼著他從沒聽過的曲子，不時轉過頭來對他笑一笑，等他靠近了，才又繼續向前。

秋涼，太白山上更涼，枝頭鳥鳴伴著不遠處溪水潺潺，空氣中瀰漫著一股清香。

他好像認得這個味道。

這是不是她身上的味道？

他連吸好幾口氣，想要捕捉一點她留在風中的痕跡。

風沒有變化，他卻認不出哪一個是她。

她的味道本是他一閉眼就能聞到的，可是他現在怎麼也想不起來。

也許是看不下去他失意的樣子，她從他肩上拿過水桶，放在一旁，拉著他找了塊石頭坐下。

她的動作很輕，幾乎沒有出一點力氣。

「什麼事這麼傷心，告訴我？」

「傷心？」他呆了半晌，沒有回答。

「告訴我？」

「我不……」他的嘴微微張開，很快又閉上。

「啊？」

他突然轉過身，緊緊地抱住了她：「我不傷心……我不傷心……」

他的聲音幾乎嘶啞，已分不出是哭還是笑：「我太開心……太開心了……」

眼淚落到嘴裡鹹得發苦，而她的味道一點也沒變。

第一章　尋覓

一、

五十六年前。

開元二十八年十月。

武惠妃辭世三年，唐玄宗李隆基後宮佳麗數以千計，無一知己，命高力士尋訪宮外美人不得，鎮日鬱鬱寡歡。

他已經累了。

滅韋黨，封平王，即帝位，焚珠玉，宴集賢，大唐在他治理下達到空前盛世。

他不知道還能做些什麼。

他不知道該如何才能做得更好。

古往今來，又有哪個皇帝能做得更好？

他年紀漸漸大了，已不是當初怒斥金吾的小孩子，那時他有滿腔理想，想著奪回李家天下，想著安邦濟世，想著四海昇平。

他真的都辦到了。

如今他只想摟著心愛的女子，泡一泡溫泉。

但趙麗妃死了，皇甫德儀死了，武惠妃死了。

溫泉宮裡，好像只剩下他一人。

李隆基不願待在池邊，只在宮裡信步而行。

太監宮女們自然識趣，靜靜地跟在後頭。

這不是他們第一次見陛下如此。

他們無法理解。

「要是我有惠妃娘娘那般容貌便好啦！」

「我瞧姊姊不比惠妃娘娘差啊？」

「別說笑了，我比幾位娘娘差得遠呢，何況是惠妃娘娘？」

「宮裡好幾位姊姊都像是天仙一般，就不知陛下為何不愛？」

這問題不只他們納悶，李隆基自己也納悶。

這麼多的嬪妃宮女，容貌能及惠妃者的確不少。

三年來，卻再無一人走進他心中。

他不只一次聽見太監宮女們私下議論，仍裝作毫不知情。

他若不明事理，也不能造就開元盛世。他明白，這心事說出口不會有人了解，只會得個「好色誤國」的罵名。

在他心裡，好色誤國便和大唐盛世一樣空虛。

二、

高力士是宦官。

他不懂陛下心中情愛，卻知道一件事。

——陛下好過，他便好過。

所以他主動提了出來，建議陛下再尋天下美人。

這差事自然落到他身上。他並非一無所獲，事實上，還真給他找到了幾個。

才貌雙全，風華絕代。

但陛下每次都只是嘆了口氣：「辛苦了。」

這次呢？

三、

高力士一下子便找到了李隆基，眉開眼笑。

「陛下。」

「什麼事這麼高興？」

「陛下，奴婢打聽到弘農楊玄琰之女，小字玉環，頗有文才，善歌舞，邃曉音律，天生麗質。」

「原來是這個。」李隆基嘆了口氣。

他已不抱期待：「宮裡善歌舞的可少了？」

「她的舞姿，絕世無雙。」高力士講來，竟似也頗為著迷。

「通曉音律的也很多啊。」

「她彈的琵琶，同樣絕世……不，只能以仙樂形容。」

「瞧你說的。」李隆基微微一笑。

若真有這樣的人，便是進宮來彈彈琵琶也好。

「她的容貌，有『羞花』之稱。」

「哦，何謂『羞花』？」

「據說她賞花時，綠葉掩面捲起，紅花慚愧低垂，不敢與之爭美。」

李隆基大笑。

「好，朕倒要看看她如何羞花。你說她叫什麼？」

「楊玉環，是弘農楊玄琰的女兒。」

「楊玉環……楊玄琰……」

他對這兩個名字有些熟悉，似乎有人多次向自己提過。

是誰？

武惠妃的身影驀地浮上心頭。那一日，她說，壽王李瑁在咸宜公主婚禮上遇見一個女子。

「高力士！那楊玉環不是壽王妃嗎！」

「是，是，但……」

「此事不用再提。」

李隆基心裡的一點好奇登時煙消雲散。

楊玉環不但是兒子的妃子，更是武惠妃生前親自選定，說這些又有何用？

「陛下……」

「下去吧。」

「她做了新曲，要獻給陛下。」

「什麼？」李隆基怔住。

四、

楊玉環並不笨。

笨的人，也許能有絕妙的舞姿，也許能彈出仙樂般的琵琶，卻絕不能同時擁有這兩者，更不會被稱作有文才。

她知道該把才智用在什麼地方。

楊玉環也不奸。

她便如天底下所有人一般，深受著命運捉弄。

但她和其他人不同，她決定向命運挑戰一回。

於是這一夜，李隆基見到了楊玉環。

她的容貌，竟和武惠妃有三分相似。

她的眼神之中，好像隱藏了千言萬語，你可以感覺到她想說出來，而且只想說給一個人聽。

李隆基的呼吸開始急促。

楊玉環微微低下頭，抱著琵琶，只以小半個側臉對著他，手指不知道什麼時候已開始輕舞。

指尖飛快，卻沒有幾個聲音。

李隆基凝神細聽，想聽出個曲調來。

五、

春回大地，積雪消融。
漸漸地，匯成一道涓涓細流。
遠從天邊，從那最高的山上，一路流下。
是那樣的細，那樣的長，好像隨時會消散，卻又化著冰雪，愈流愈遠。
這水分明是冰的，是冷的，凜寒刺骨。
李隆基卻聽見了春暖花開，鶯聲燕語。

「身先社稷全忠孝，氣貫山河接曉晨。
取得太平還宇內，雄材偉略只一人。」

李隆基彷彿回到三十年前。
那時，韋后妄想稱帝，他密謀政變，有人問他，是否要先告知父親相王？
他回答：「我是為了拯救社稷，為了救君主、父親。若成功，福祉歸於天下，若不成，是我為忠孝而死。怎麼可以先告訴父親，讓他擔心？他若贊成，是我陷他於危險，他若不贊成，我的計畫便失敗了。」
他一肩擔起。

那一夜，他率兵直入，韋后遭斬，他以李家山河迎來早晨第一道陽光。

前兩句既是指這兩件事情，又是讚他為社稷挺身而出，忠孝兩全，以貫透山河的氣魄破開籠罩大唐的黑暗，使大唐終能迎接天明。

後來他即位，太平公主權傾人主，事事掣肘，再不能容。

後兩句既是讚他以獨一無二的雄才偉略，治理得天下太平，又是指他滅韋后，除太平公主，將天下大權收回手中。

「偉」字只一人，便是去了「韋」！

這些是他當年的豪情，他如何聽不出來？

他也曾暗暗想起這些事，但年華老去，再回首，也只是徒然傷悲。

楊玉環唱了幾句，竟然將時間凍結在那一刻，他不只思緒回到三十年前，連整個人都像年輕了三十歲。

他的嘴角開始露出笑容。

先是若隱若現，接著呵呵輕笑，終於哈哈大笑。

每笑一次，他就覺得自己又年輕許多。

也不知是楊玉環早知他會如此，抑或信手應和，此時琵琶聲和笑聲相遇，儼然成了新的曲調。

單是琵琶則顯空虛，只有笑聲則不成樂曲，兩者相配合，登時洋溢著陣陣青春活力。

「大度虛懷能納諫，仁心德政更求方。
米白倉豐無賊盜，官清戶滿有賢良。」

便恰好在李隆基全然忘懷，不能自已之時，楊玉環接著唱了下去。

唱前兩句的時候她仍微微低著頭。

到了後兩句，她輕輕抬起頭來，凝視李隆基。沒有多餘的動作，只是輕輕地看著。

眾人不會記得帝王好，只會記得帝王的過錯。

始皇帝使書同文，車同軌，統一貨幣，統一度量衡，後人只罵他焚詩書，坑術士，只罵他建阿房宮，勞民傷財。

漢武帝平匈奴，通西域，察舉人才，後人只記得他迷信方術，好大喜功，只記得他處太史公宮刑。

李隆基呢，後世會怎麼看？大度虛懷能納諫，仁心德政更求方，後世會記得嗎？

楊玉環用兩句讚詞勾起他愁思，用一個眼神回答了他。

在她的凝視中，李隆基聽見她說：「因為陛下的仁心德政，稻米長得又大又好，各處糧倉充實，人民安居樂業，不再需要去偷，去搶。因為陛下的仁心德政，官吏清廉，家家戶戶兒孫滿堂，各方賢良之士皆能發揮所長。」

在她的凝視中，李隆基彷彿看見一個，兩個……愈來愈多百姓異口同聲對他說：

「我們都感謝陛下。」

她唱的四句詞已超越千言萬語，她的眼神竟容納了一個世界。

那個世界裡，他做的一切都有人記得。

李隆基眼裡已有淚光。

楊玉環沒有讓它落下來。

她忽然垂下頭去，雙頰微微泛紅。

「澤陂之上無風雨，子矜獨在桃夭前。
空吟淇奧情難盡，奴唱蒹葭已十年。」

這是什麼意思？

澤陂當然不是真的澤陂，風雨也不是真的風雨。

「澤陂」和「風雨」是詩經裡的篇名。

「澤陂」說的是女子思念男子卻無法見面，日夜思念，輾轉難眠。

「風雨」說的是妻子見到了久別的丈夫，興奮欣喜。

「澤陂之上無風雨」是不是說她日夜思念一個男子，以至於面對丈夫並無欣喜可言？

莫非她心裡有一個男子，而這人並不是壽王？

子衿當然不是真的子衿，桃夭更不是真的在說桃夭。

「子衿」和「桃夭」也是詩經裡的篇名。

「子衿」說的是女子思念男子，一天沒見面，就像三個月那麼長。

「桃夭」說的是女子出嫁，能使新家和順。

「子衿獨在桃夭前」是不是說她在出嫁前就已深愛這男子了？

這男子是誰？

「淇奧」和「蒹葭」仍然是詩經裡的篇名。

「淇奧」說的是西周時衛國君主衛武公，莊重威武，光明磊落，風流文雅。

「蒹葭」說的是意中人可望而不可及。

「空吟淇奧情難盡，奴唱蒹葭已十年。」難道是說……

「琤」的一聲，樂曲驟斷。

樂曲雖斷，餘韻不絕。

李隆基發現自己一顆心在咽喉間亂跳，嘴裡竟沒辦法說出半個字來。

他的心已很久沒有跳得這麼快。

這時，楊玉環抱著琵琶跪了下去。

「請陛下恩准賤妾出家入道。」

六、

李隆基絕料不到她會說出這樣的請求。

楊玉環為什麼要出家入道？

大唐為老君之後，自來崇尚道教，李隆基的妹妹玉真公主和金仙公主也出家為道士，她要出家並不是問題。

問題是為什麼？

身為壽王妃，若出家入道，便斷了這關係。

難道她想要斷了這關係？

難道她那意中人，真的是……難道她明知不可能，也要向他表明心意？

難道她覺得一切都已太遲，只好脫離讓她傷心的一切？

李隆基忽然想好好看看這個女子。

「抬起頭來。」

她是那樣地輕柔。好像承受不住這世間的任何一點力量，好像一摸便會裂開，好像一碰就會碎掉。

他怎麼能讓她碎掉？

楊玉環輕輕地看著李隆基。

李隆基覺得自己彷彿見過她，卻想不起來是在哪裡。

也許是因為他之前寵愛武惠妃，所以對其他女子未加以留意？也許是因為她的容貌和武惠妃有三分相似？

可是，武惠妃哪有這般了解他心底的寂寞？為何她偏偏是壽王妃？若是武惠妃當初沒有替壽王請冊王妃，那現在……

就在這一瞬間，他懂了。

為什麼他對楊玉環只有淺淺的印象，為什麼武惠妃再三請求他冊楊玉環為壽王妃，為什麼事情會演變成她今日要出家入道，他全都懂了。

他不怪武惠妃。換作是他，他說不定也會這樣做。

可是他心疼。

「壽王待妳如何？」

楊玉環又垂下頭。

「壽王待賤妾很好，是賤妾辜負了他。」

「這不是妳的錯，只能說造化弄人。」

世事變幻無常，就連帝王也深受擺弄。

楊玉環這一曲竟抗拒自然，帶他做了一個很美很美的夢。

但美夢終究會醒，他還是得回到現在的自己。

那麼無力。

楊玉環再一次望向李隆基：「請陛下恩准賤妾出家入道。」

「妳何必執著？」

「陛下為何尋覓？」

第二章　燒雞

一、

說的人很專注地說完了這個故事，聽的人也很專汁地聽完了這個故事。

他期待著她一點點呼吸的改變，一點點肌肉的抽搐，一點點閃爍的日光，就算恨他，就算不想認他，她也絕不可能聽了這個故事，心中卻不起半點漣漪。

可是他期待的一切，都沒有發生。

她就像第一次聽到這個故事一樣，眼神中除了關心，只有疑惑。

她竟真的什麼都不記得了！

溪水清澈而冰涼，每往臉上潑一次水，他就抬頭看一次她。

他知道洗再多次也沒有用，但他還是要試一試。

他找到她了，他終於找到她了，就算她什麼都不記得，他還是找到她了。

四十年來，他第一次感覺到自己是活著的。

他感覺到呼吸一次次從胸中蹦出，感覺到水珠一滴滴沿著頸邊滑落，感覺到冰涼的風一絲絲吹拂過臉龐。

周遭本來與他沒有任何關係的每一株草，每一朵花，每一棵樹，每一片葉子好像突然都變成了他身體的一部分，好像他就是它們，一直在這裡陪著她，從來沒有離開過。

他才剛找到她，卻已經想不起之前的日子是什麼樣子。

他將兩手手掌覆在臉上，長長吸了口氣，慢慢吐出。

她不記得也沒有關係，他們最不缺的就是時間，總有一天她會想起來。

總會有辦法讓她想起來。

「再洗就要天黑啦。」

他對她微笑，伸手拿過一個水桶。

「你已經幫我挑了一程，給我吧。」她說。

「我來就好。」

「這怎麼好意思呢。」

「沒關係的。」他俯身把水桶斜斜壓入溪中：「妳對我這麼好，讓我幫妳吧。」

他的動作並不匆忙，卻很迅速，她才伸出手想阻止他，水已「嘩啦啦」地湧入桶裡，一下就裝滿了一整桶。

她的手在空中頓住，左晃右晃到了頭上，搔搔頭。

「我對你好？」

「嗯。」他將裝滿的水桶放過一邊，再將另一個也斜斜地壓入溪中。

「我什麼也沒做啊，對你有什麼好？」

「妳……妳關心我。」

她笑了：「瞧你那麼難過，誰都會關心你的。」

「世道不同了，人們自顧不暇……很多人甚至不願意和陌生人講上一句話。」

「不會的，別這麼悲觀。」

他沒有回答，將兩個水桶放穩，肩頭一縮，一提，挑起。

然後他就納悶起來。

這水桶雖不算很重，他挑著並不如何吃力，卻也有相當分量。

可是，他已走過幾萬里黃沙，經歷過生死風霜，身子早已錘鍊得遠比他所見過的任何人都還要健壯有力。

難道她竟然有辦法每天挑著這兩個水桶，穿梭在山林之間？

他默默地看著前方的她，想像她挑起水桶的樣子，渾然不覺桶中的水正隨著他的腳步而一陣一陣地潑出，一小半落到土裡，很快就只剩下一道道深深的痕跡，另一小半卻灑到他身上，溼了他一大片衣服。

她回過頭：「還不知道怎麼稱呼？」

他認真想了想：「……我姓李，排行第三。」

「三郎，你怎麼會到這裡來呢？我在這裡住了大半輩子，也不見幾個人路過。」

一股酸意忽然直衝李三郎腦海深處，就像落入一個深不見底的池子裡，用鼻子吸了一大口水那樣，酸得他幾乎沒有辦法呼吸。

這句「三郎」，他已經等了四十年。

當年在約定的地方，他沒有見到她。

附近的傳言四起，有人說天孫織女見她可憐，收了她成仙，有人說每天晚上都會聽見風中傳來陣陣啜泣聲，彷彿是她在訴說著永無止境的恨。

他知道那都不可能。

她一定是在人間的某一個角落，等著他去找她。

然後，他又聽見有人說她沒死，回到了家鄉蜀郡去。

這種故事他本該一眼就看穿的。

如果她真回到了蜀郡，必然是件轟動的大事，絕不會只有幾個在河邊捶洗衣服的婦人神神祕祕地告訴他。

神神祕祕的意思，就是說這件事情是個祕密，知道的人並不多，她們實在不應該說出去的，所以李三郎聽了也絕對不能夠說出去。

也許他看穿了，也許他不想看穿。

也許他根本就沒有選擇。

所以他到了蜀郡。

他沒有找到她。

她的家人都已過世，就算沒有，他也不可能直接找上門去打探消息，於是他繼續走，走了一年又一年，經過一城又一鎮，一州又一縣。

每離開一個地方，他就愈來愈想不透。

——他不只沒有得到她的消息，就連看見過她的人也沒遇上半個。

現在，他終於知道了原因。

「我從蜀郡過來，原本要到洛陽去。」李三郎盡量讓自己的聲音維持平靜：「可是到了岐山時，聽聞這邊風景不錯，於是便往山裡來了。」

這不是真話，不過她沒有聽出來。

「啊，這裡風景的確很好，而且天氣涼爽又舒服，蜀郡可就悶熱得很。」

「妳……妳到過蜀郡？」

「沒有，我是聽人說的。山的另一邊有個小鎮，出入蜀郡的人都要經過那裡呢。」她說：「我姊姊還在世的時候，我們幾個月就得到鎮上去一次。」

「姊姊？妳有個姊姊？」

「是啊，過世好久囉。」她說：「其實我們不是真正的姊妹。大概三……四十年前吧，我在戰亂中生了場病，也不曉得是和家人走散，還是本來就孤零零地一個人。那時候我的頭燒了好久，疼得好像要裂開一般，有時候醒著，有時候又昏過去，幸好遇到她照顧我，還帶著我到山上來避亂。」

「病好以後，我想不起以前的任何事情，也不知道我的家在哪裡，便和她在山裡住了下來。」她悠悠地微笑：「我想，我們大概也和真正的姊妹沒什麼分別了。」

李三郎不只鼻子，連眼睛也酸了起來。

當年不管他做什麼，她總是在他身邊，為什麼她受苦時，他卻不能在她身旁？

「妳一定很想她。」他的語氣很輕，很溫柔。

這個「姊姊」在她受盡苦楚、最需要人陪伴的時候照料著她。

他雖沒有機會見到她，也不知道她是個什麼樣的人，卻已經覺得她就像自己的姊姊一樣，甚至比自己的姊姊還要更親近。

「即使是真正的姊妹，感情一定也沒有妳們好。」他說。

「真的嗎？你真這樣覺得？」她猛然轉身，眼睛裡的一點亮光就好像一湖碧水在清晨陽光下被激起的波光粼粼。

李三郎彷彿看得痴了，停下腳步，點了點頭，又點了點頭。

「你來的真是太晚了……姊姊一定會很高興聽見你這麼說。」

「不，她不用聽見我說。」李三郎的語氣更輕，更溫柔：「我相信她早就已經把妳當成了自己的妹妹。」

「是嗎？」她抿嘴一笑，靜靜地望著李三郎瞧了半晌，然後說出了那個一直都在她心裡的答案。

「是的，我想是的。」

李三郎微笑，繼續向前。

「既然妳有個姊姊，那我應該要叫妳二娘了。」

「好啊，從來沒有人這麼叫過我！」二娘湊近李三郎，走在他身邊。

她靠得實在有點近了，若不是挑著水桶，李三郎幾乎就要忍不住像以前一樣伸手環住她的腰，聞聞她的頭髮，搔搔她癢，等她笑著抬頭望向自己時，再輕輕吻上她的唇。

但她不記得他，她畢竟不是她。

李三郎甩甩頭，驅散腦中的遐思。

「二娘，妳們就這樣一直住在山上，從來都沒有下山去過嗎？」

「我只有到鎮上去過，姊姊倒是下山過幾次……對了，我想起來了！」二娘雙掌一拍，手肘差點撞上水桶：「她最後一次下山時，遇見一位詩人，也和她說起了玄宗的事。」

「他說了什麼？」

「那位詩人很小的時候見過『劍器渾脫』舞，本來以為沒有機會再見到了，想不到遇上我姊姊。我姊姊一舞之後，兩人把酒相談，說起玄宗時的情景，又說起天下混亂，搞得兩個人都是一把鼻涕一把淚的。」

「公孫大娘的劍器渾脫舞！」

「咦，你也知道？」

「我知道……是啊，我知道。」秋風蕭索，李三郎的聲音卻更蕭索：「玄宗時候梨園弟子、內外教坊，論劍器渾脫舞，便是公孫大娘第一了。」

「我姊姊就是她的弟子啊！別人都稱她李十四娘，不曉得你有沒有聽說過？」

李三郎搖頭。

「也是，她年輕時你只怕還沒出生……這麼說來，你應該沒有經歷過玄宗的時代啊？」

「我……我是聽爹娘說起的。」

「你一定很想他們。」二娘的語氣就像李三郎剛才一樣輕，一樣溫柔。

李三郎沉默。

二娘又問：「你的家在哪裡？」

「長安。」李三郎淡淡地說：「離開好多年了，人事已非……每次接近長安，總免不了想起以前的日子。」

「這樣啊。」

「妳都不會想要下山去看看嗎？」

「山下有什麼好，為什麼要下山？」

「山下有妳的家啊！也許妳到了以前住過的地方，看到了以前看過的事物，就會想起一些以前的事情。」

二娘就像是聽見了一個孩子天真不懂事的話語，笑著搖搖頭。

「天下之大，要上哪去找我的家？」

「說不定妳的家就在蜀郡呢！」

二娘不說話了，腳步慢了下來。

她和十四娘那間小小的屋子已經可以看得見了，她望著小屋，怔怔地出神。

「妳會想去看看嗎？」李三郎問。

二娘看起來還在猶豫，可是嘴裡已經回答。

「不，這裡……這裡很好，這裡就是……我的家了。」

每一個字，她都是看著小屋說出來的。

二、

很高很遠的一座山，很清很淺的一條溪。

一個女子褪下了羅襪，將雙足伸入水中，用趾尖輕輕地觸著溪底的小石頭。

一顆，兩顆，三顆……

數到第三十八顆時，她忽然抬頭，看向前方的樹林。

前一刻還幽幽暗暗，靜到不能再靜的樹林裡，出現了一團淡淡的白色光暈。

她可以拒絕，她想要拒絕，事實上她的第一個念頭就是拒絕。可是她的手，她的腳，她的全身卻都像是被十二月的堅冰封在了江裡，一分一毫也移動不了。

她發現自己還是沒有辦法拒絕。

她好像從來也沒有拒絕過。

她決定接受。

光暈之中，立刻傳來了那個她最想聽見，卻又最不敢聽見的聲音。

那是一個男人的聲音。

他的人和他的聲音，幾乎是同時出現的。

「跟我走！我要下去！」

「你來找我，就是為了下去？」

「不然是為了什麼？快！」

「……下去要做什麼？」

「該死，妳不見那賤婢與他眉開眼笑嗎！」

「他找到她了？」

「對，今天他找到她，明天他們就要來了！快走！」

「你又何苦為難他們？」

「那賤婢禍國殃民，罪該萬死，讓她來這裡簡直是汙辱了這個地方！」

「禍國殃民……」

「我有說錯嗎？若不是她，天下如何會演變成這般局勢！」
「她承受的已經夠多了。」
「她承受了什麼？在山裡逍遙自在，到了天上又是風流快活！」
「她什麼都不記得了，不可能來的。」
「等到她想起來就來不及了！」
一陣沉默。
「為什麼是你去？」
「因為我的箭！」
「你……你……難道要殺了他們？」
「哼！那賤婢迷惑人心，如果能殺了她，那也算不得什麼！」
「你不能這麼做……」
「妳阻止不了我。」
又一陣沉默。
「好，我跟你走。」

三、

那水桶簡直像是在李三郎身上生了根，二娘好說歹說，怎麼也拿不回來。
她只好領著李三郎到廚房，看著他將水緩緩倒入缸中。
水上有水花，水面有漣漪，水連一滴也沒有濺出來。

水聲持續的時間並不長，可是直到李三郎放下了水桶，二娘的耳邊還是淙淙作響，似乎水仍不停地流入缸中，不停地流。

「不管你怎麼說，我都不能白白讓你幫我挑水。」二娘說：「你再走下去也沒有人家了，不如留下來吃個飯，住一晚再走。你可以睡我姊姊的房間，別露宿野外，會……著涼。」

「謝謝妳。」這一瞬間，李三郎忽然覺得二娘的眼神變得好熟悉，好熟悉。

以前的她就是這個樣子，總是那麼地關心身邊的每一個人，總是對別人那麼好，不管那人是親是疏，看得起或看不起她，都一樣。

即使忘了一切，她的心卻一點也沒有改變。

他變得可就多了。

如果脫去了身分地位，如果他和以前的李三郎在長安大街上相遇，只怕彼此就算迎面相望，擦肩而過，都不會認出對方是誰。

但是不管現在的還是以前的李三郎，一定都可以立刻認出她。

二娘對李三郎微微一笑，輕輕巧巧一個迴旋，轉過身去。

李三郎簡直看得呆了。

她身上穿的是不是霓裳，是不是羽衣？

他回過神，想要把她看清楚。

二娘還是二娘，目光在廚房裡不知胡亂搜索著什麼。

「你一定很久沒有好好吃一頓了吧？」

「什麼？」

「想吃什麼？」

「不用特別為我準備，妳吃什麼，我就吃什麼。」

「不成，不成。」二娘連連搖頭：「你四處奔波，遠道而來……啊！」

她忽然瞪大雙眼，三步兩步出了門外，看了幾下，回頭問：「我瞧天色還早，燒隻雞如何？」

「燒雞？」李三郎怔住。

一個人住在山裡，會燒雞似乎也不是什麼稀奇的事情，不會燒雞反而稀奇了。

可是，他怎麼也無法把燒雞和她想在一塊。

「怎麼啦？你不吃肉的嗎？」

「不，不是……這樣太麻煩妳了。」

「怎麼會呢，你看！」二娘指著菜園旁邊那一塊小小的，用籬笆圍起來的地方：「我好久沒殺雞了，那些雞長大之後生了小雞，老了之後，小雞又長大，再生小雞，我都沒有殺。」

她噗哧一聲，笑了出來：「有時候牠們跑走了，我也就由得牠們去。」

「妳如此愛惜牠們，還是別殺了吧。」李三郎走向前，在菜園旁彎下腰：「這些菜長得又大又好，味道一定不錯，我……我挺想嚐一嚐。」

「好啊！菜也要，雞也要！」二娘的聲音忽然大了起來，引得那些大雞小雞老雞一隻隻咯咯亂叫，搖頭晃腦盯著他們。

「你不知道，我好久沒燒雞了，一個人可吃不完一隻雞。」二娘說：「有一天早上醒來，我發現一隻母雞倒在那裡一動也不動，我想反正是死了，便燒了來吃，吃了好幾天，都酸了還是吃不完，鬧了幾天肚子呢。」

她說完，臉立刻變得像公雞頭上的雞冠一樣紅，李三郎的心裡卻變得比那隻酸掉的母雞還要酸。

「好，燒雞很好。」

「是啊，年輕人要吃肉才有力氣，等你吃飽了，精神也會好的，精神好了，心情也就好多了……」

李三郎來回了幾趟把水缸裝滿時，二娘已經殺了雞，正開始拔毛。

雞脖子被割開的景象並不是很好看，雞毛浸在熱水裡的味道也不是很好聞。

殺雞拔毛本來是件很正常的事，天底下有了雞，就有了吃雞肉的人，有了吃雞肉的人，就有人殺雞。

只不過，他還記得她柔軟的手指，如羊脂，如青蔥，永遠都是那麼地乾淨。

那是一雙在琵琶絃上飛舞的手，一雙在衣袖飄飄中若隱若現的手，一雙只有在她那樣子的人身上才配出現的手。

如今便是同一雙手，在李三郎眼前沾著血跡拿著菜刀拔著雞毛。

「別一直站著啊。」二娘說：「到附近走走看看吧，沒這麼快好。」

「好。」李三郎嘴裡應著，腳下沒有移動。

他早已知道生活會變成什麼樣子，但是當真正發生時，仍然像鋪天蓋地而來，快得令他不知所措。

他曾經以為她會過不慣這種生活，他曾經認為他應該要給她人世間的富貴。

可是，她卻從未像此刻看起來這麼快樂。

她為什麼這麼快樂？

「二娘，我從沒見過人殺雞。」

「那你一定是大戶人家的公子了。」

「都是以前的事了。」

「難怪你會知道玄宗和楊玉環的故事。」

「不是的，他們的故事流傳甚廣，並不是什麼祕密。」李三郎苦笑：「不同的地方，甚至還有不同的說法。」

「哦，你都聽過嗎？」

「大部分。」

「哪一種比較好聽？」

「真的那種。」

「就是你剛剛說的？」

「對。」李三郎一怔：「妳怎麼知道？」

「你都說了真的比較好聽，難道還會告訴別人不好聽的？」二娘微笑：「而且我喜歡你說的故事。我只聽過牛郎織女，和你說的相比，簡直無趣極了。」

無趣？李三郎不禁笑了出來。

有許多女孩子，從小最喜歡聽的就是牛郎織女的故事，長大後最想找的，就是一個像牛郎一樣愛自己的男人，說不定等她們老了以後最愛講給孫女聽的，還是牛郎織女的故事。

這樣一個故事，竟然被她嫌無趣！

「怎麼說？」李三郎問。

「你不覺得嗎？」二娘沒有笑，很認真地說：「玉帝不准他們相見，他們竟然什麼都不做，就知道哭，哭到玉帝准他們一年見面一次，他們竟然就滿足了。」

「不然能怎樣呢？」

「他們要是真的相愛，就應該像楊玉環那樣想盡辦法才對啊！」

李三郎沉默，淚水在頃刻之間就盈滿了眼眶。

他撇過頭，不想讓二娘發現。

當年是她，然後是他，全天下只怕沒有人比他們更了解想盡辦法尋覓心愛的人是什麼感覺。

但是，想盡辦法就有用嗎？

他到底算不算是找到她了？

「可是楊玉環不一定會成功。」李三郎的聲音糊在了一塊：「玄宗不答應的話，她不可能繼續當壽王妃，也不能回到以前的生活……她將失去一切。」

二娘停下手上的動作，頭微微歪著。

「那也沒有關係，她試過，就夠了。」

「怎麼夠呢！」

「我想，她唱那一首曲子的時候，心裡在乎的一定不是結果。」二娘的聲音有些淒涼，有些幽怨，卻還有些神往：「對她來說，最痛苦的絕不是不被接受，而是沒有好好地愛過。她作那首曲子是因為愛他，唱那首曲子卻是為了愛他。」

李三郎不懂。

二娘沒有等他問，自己解釋：「她愛的方式不是佔有，而是奉獻。她可以放棄一切，可以身敗名裂，無論會有什麼後果，她都要讓玄宗知道他是一個怎麼樣的皇帝。只要能讓心愛的人振作起來，一切就值得了。」

她說：「那短短的時間裡，她的外表、聲音、精神、整個人散發出的氣息，一定都是處在她一生中最美好的狀態，因為那個時候她終於可以傾盡所有，不顧一切地去愛。更重要的是，那一曲其實是兩個人一起唱出來的，第一段唱完後，如果玄宗對楊玉環沒有一絲絲的感覺，他的笑聲和樂曲根本就搭不起來，這樣的話，也許……也許楊玉環就不會唱出第三段。」

「可是那一曲唱完了……」

「是的。」二娘輕輕地嘆息：「一個人的一生能這樣子愛過一次，你說是不是足夠？」

李三郎呆了很久，想著二娘說的每一個字。

這些話她從來沒有說過，他從來就不知道她是這樣想的。

二娘默默拔了一陣雞毛，然後拎起赤裸裸的雞，走進廚房。

李三郎的心裡已如波瀾滔天，卻半點也沒辦法化做言語表達出來，只想跟在二娘身邊，一直看著她，看著她，看著她。

可惜廚房雖然不小，卻也不大。二娘一下子撞到他的手，一下子踩到他的腳，最後終於在他把醋當酒拿給她的時候，把他趕了出去。

雖然是把李三郎趕出去，她的聲音卻還是說不出地溫柔。

「三郎，太陽要下山的時候你再回來。」

四、

李三郎怔怔地站在廚房外。

二娘似乎很忙，一次也沒有回過頭來看他。

被人從廚房趕出去並不是件有趣的事。

十個被從廚房裡趕出去的男人，至少有一半會受不了這種刺激，不搞得雞飛狗跳絕不肯罷休，另一半雖然什麼花樣也耍不出來，找幾個朋友埋怨兩句還是少不了的。

李三郎卻是第十一個。

他靜靜地看了半晌，忽然發現自己心情還挺好，不但挺好，而且竟然愈來愈好。

這絕不是他頭腦有什麼問題，也不是說他喜歡被人趕出去。

他只不過是想通發生了什麼事情。

——他踏進了一間廚房。

廚房很常見，每一家每一戶都有廚房，可是要踏進廚房卻不大容易。

有些人吃過刀劍，有些人滿腹經綸，但他們一生中踏進廚房的次數卻只要一隻手的手指頭就可以清清楚楚地數出來。

對李三郎來說就更困難了，他活了三輩子，不要說踏進廚房，就是連廚房也沒有靠近過半次。

現在他不只踏進了廚房，廚房裡還有一個願意為他做菜的人。

在廚房裡做菜的人很多，但不是為錢也不是為了服從，就是為了他而做的，他同樣是第一次遇上。

而且廚房裡這個人對他實在很好。

這個人並不是隨便做做樣子，這個人非常希望能讓他吃到一頓好菜，絕不容許任何事情砸了他的口福。

換做以前的他，在這麼需要專心的時候被打擾，就算不發脾氣，臉色也不可能太好看。

如果她直接把他趕出廚房，他雖然可以理解，心裡卻一定不會太舒服，這頓飯吃起來大概也不會太愉快。

可是他在旁邊絆了她這麼多次，弄得他自己都有些不好意思了，她還是讓他待了好一陣子，才溫溫婉婉地把他給「趕」出去，臉上甚至沒有一絲絲不耐煩。

李三郎靜靜地看著二娘，看著她一次次揮袖擦去額頭上的汗水。

他忽然覺得，也許這樣就足夠了。

五、

青菜，雞蛋，雞湯。

看上去雖然簡單，不過二娘相信李三郎一定會喜歡。

剛到山裡的時候，她連生火也不會，可是六個月後十四娘已經沒有東西可以教她。

她煮的甚至比十四娘還要好。

十四娘的說法是：「妳若到城裡去，恐怕只有那些大廚的妻子會吃他們做的菜，而且她們吃的時候一定會笑，笑得很開心，因為她們連自己都沒有辦法說服，只能乾笑！」

當十四娘說這句話時，二娘也會笑，靦腆地笑。

她不知道這句話是不是真的，目前為止，她做的菜也只有兩個人吃過。

所以現在她笑得更靦腆。

她沒有想過這一生竟還有機會煮給第三個人吃。

她也沒有想過，有一天竟然會等一個男人回來吃飯。

這個人還沒有回來。

二娘在屋前屋後轉了一圈，四周安靜得不但能聽見自己的呼吸聲，就連心跳聲好像也清楚可聞。

「三郎？」

沒有人回答。

天色漸漸昏暗，就像過去數十個寒暑。

山依舊是山，風依舊是風，菜園依舊是菜園，人依舊是一個人。

她忽然覺得好冷。

李三郎的包袱還在那，上面的結已經解開，隨隨便便掩著。

這裡頭放了什麼？他拿了什麼東西出去？

他去了哪裡，怎麼還沒回來？

再不回來，菜就要涼了。

二娘沿著菜園漫步，不知不覺停在了第一次看見他的地方。

她轉頭，心跳得好快。

明知道不可能，但她總覺得只要一轉頭，李三郎又會在那裡出現。

他當然沒有。

二娘「哼」了一聲，也不知是輕怨他，還是嗤笑自己。

她踏著先前的腳步，慢慢走到李三郎第一次出現的地方。

落在地上的淚水已經乾了，淡淡的痕跡卻沒有消失。

她緩緩蹲下，伸出食指壓住了其中一個痕跡，輕輕地向旁邊抹開。

她的動作很小心，很仔細，就好像沙土不是沙土，痕跡不是痕跡，就好像沙土是人的肌膚，淚跡就是真的淚水。

她把地上的淚跡一個一個都抹去。

然後她就聽見了李三郎的腳步聲。

她很快地站起來。

「三郎，吃飯了！」

她的笑並不燦爛，她的笑容很淡。

可是她聲音中的喜悅很深，深到足以讓自己淹沒在裡頭。

奇怪的是，在她站起來之前，她只覺得悲痛欲絕。

更奇怪的是，當她抹去那些痕跡時，她腦海裡浮現的不是他的臉。

而是她的。

六、

青菜綠得像楊柳，雞蛋綿得像月亮，雞湯裡有整隻雞。

李三郎的心眼雖然不多，卻絕不是個傻子。

就算是個傻子，也該知道若主人特別端出平常不會吃的豐盛食物來招待你，就是說主人將這東西看得非常珍貴，她也許很愛吃，也許天天都想要吃，可是一直都沒吃，等到有一天你來了，她才毫不猶豫地把自己最愛的東西與你分享。

所以當二娘笑著撕了一隻雞腿給李三郎時，他也撕了另一隻往她碗裡放。

她挖了一邊的肉給他，他就挖另一邊回去，她舀一碗湯給他，他也幫她舀一碗。

幸好他們都不吃雞頭的，一隻雞除了頭，無論什麼地方要分成兩份大概都不算困難。

只不過，犯傻的並不一定都是傻子。

李三郎只怕二娘自己不吃，把雞都留給他，卻忘了如果她一餐吃得了半隻雞，又怎麼會吃到酸了還吃不完？

若不是二娘眼見不對，趕緊阻止李三郎將這隻雞分成兩半，她的頭可就大了。

有些事情好像非常明顯，非常簡單，連想都不用想就知道答案，可是往往當一個人以為自己已經想得很清楚了，絕沒有任何出錯的可能時，偏偏就會在最簡單的地方出了錯。

吃飯是這樣，男人是這樣，女人是這樣，愛情也是這樣。

李三郎沒有想到她會忘了一切，也沒有想到他說的故事竟然對二娘有這麼大的吸引力。

所以，他只好繼續說下去。

第三章　金釵

度壽王妃為女道士敕

聖人用心，方悟真宰，婦女勤道，自昔罕聞。壽王瑁妃楊氏，素以端懿，作嬪藩國，雖居榮貴，每在精修。屬太后忌辰，永懷追福，以茲求度，雅志難違。用敦宏道之風，特遂由衷之請，宜度為女道士。

一、

開元二十九年正月初二。

竇太后忌辰。

李隆基下了一道敕令，壽王妃楊玉環出家入道，為竇太后祈福，號太真，居太真宮。

他能幫楊玉環的，也就只有這樣了。

不管別人夫妻感情有多麼不好，不管楊玉環愛的是不是他，不管他是不是皇帝，如果接受楊玉環的情意，那就實實在在是搶了別人的妻子。

夏桀可以撕盡天下絹帛，周幽王能夠點起烽火，但他是李隆基。

李隆基不是昏君，絕不能讓天下人笑話。

這一晚，他發現自己無法入睡。

只要一閉上眼，他就好像又看見楊玉環抱著琵琶向他走來，她羞紅著臉低著頭，躲在琵琶後面偷偷看著他。

這樣不好，這不是他該想的事情。

李隆基用力閉眼，直到兩眼都發疼。

楊玉環的臉消失了，取而代之的是她修長的手指在琵琶絃上輕舞，可是從她指間傳來的不是什麼曲子，只是一連串「琤琤琤」的聲音。

不知道為什麼，他竟然覺得那聲音很好聽。

這樣不好，這不是他該想的事情。

李隆基張開眼睛，聽見楊玉環唱：

「雄材偉略只一人……雄材偉略只一人……」

他還沒來得及想出辦法阻止自己，歌聲忽然就停了，然後她又出現。

她一動也不動地看著他，沒有向他招手，沒有開口邀他，可是他知道，那裡有一個世界在等著他。

如果他就在那個世界裡，該有多好？

二、

春天不知怎地就過了，夏天不知怎地就走了，秋天不知怎地就來了。

李隆基病了。

這病也不能算真的病，一個人如果白天吃不下東西，晚上睡不著覺，腦袋裡又隨時隨地像是有十八隻鬥雞上了場卻不聽指揮一般橫衝直撞，身子是一定不會好的。

李隆基並不想承認自己竟然會因為一個女人而搞成這樣，所以愈拖愈久，愈拖愈久，終於到了連他自己也知道不能再繼續下去的地步。

御醫是在大半夜被找來的。

他看了之後，要陛下少煩惱，多休息。

這實在是廢話，李隆基甚至懷疑御醫是不是還沒有睡醒。

興慶宮絕對是天底下最適合休息的地方，他若想看看風景，有小池樓閣亭台，若是想賞賞花，有梨花牡丹楊柳。

若想要安靜，整個興慶宮便會在幾個呼吸內安靜得像只有他一個人，若想要讀書，從牛郎織女的故事到曹子建的洛神賦，都會立刻有人送到他手裡。

可惜的是，興慶宮離太真宮也很近，近到李隆基若想和楊玉環一起喝上一壺太白山上的藥王茶，甚至可以在宮女將命令傳出興慶宮之前，就先跑過去見到她。

他當然不能這麼做。

所以，即使在這個天底下最適合休息的地方，他還是沒有辦法休息。

如果能休息，怎麼還需要御醫來告訴他？

御醫的建議沒什麼用，開的藥倒挺不錯，一入口便從他的舌頭流進他的牙縫，他的兩頰，彷彿將他滿嘴都化成了和它一樣又黑又苦的東西。

非常苦，卻苦得痛快。

有件事能讓他不去想楊玉環真是太好了，李隆基舔了舔牙齒，想要多嚐一點，可是那發苦的嘴已嚐不出半點味道。

他躺下，任由那一道若有似無的苦味在嘴裡飄蕩。

那味道彷彿不甘停留在他的嘴，從他耳朵裡穿了出來，在他耳邊絮語，然後又像是一雙溫暖而多情的手，輕輕地闔上他的眼皮。

他忽然到了一個好美好美的地方。

在那裡，他吸進的每一口氣都是甜的，天空和他的心情一樣開朗遼闊，春風帶著雨絲吹來，到處都冒出了嫩綠色的芽。

那些小小的東西究竟是怎麼長成一片草原，一叢花朵，或是一棵大樹？

他笑得連牙齒都露了出來，轉過身招招手，想要叫她來看。

沒有人。

楊玉環呢？到哪去了？

「楊……楊玉環！」

「陛下要召她來？」是高力士。

那個地方消失了。

「不……不。」

李隆基呆了半晌，問：「現在是什麼時候？」

「是七月初七日早上。」

「七夕……」

對現在的李隆基和楊玉環來說，這絕不是個好日子。

高力士趕緊將話岔開。

「陛下，今晚焚香乞巧，諸多儀式，楊太真初來乍到，一個人只怕忙不過來。」

李隆基怔了一下，點點頭。

高力士問：「要不要撥一些人過去幫忙她？」

這話問得極是巧妙。李隆基既想著楊玉環，又不想太靠近她，但若知道了楊玉環忙不過來，找些人幫她忙也是好的。

高力士顯然很清楚什麼話該說，什麼話不該說。

果然，李隆基大力吸了一口氣。

「對……好，你……你快去辦。」

高力士去了，很快又回來。

幾十年了，他辦事的效率從未讓李隆基不滿意過。

只不過這次他臉上的表情十分奇怪，說笑不是笑，說他心情好，看來又像有些發苦，李隆基從他出現一直看到他走近身前，仍舊猜不出他的表情代表什麼意思。

「陛下，楊太真她……」

李隆基的精神忽然都來了。

「怎麼？」

「她說陛下……陛下……」

「快說！」

「是，是。奴婢到太真宮去，發現她就像不知道今天是七月七日似的，竟然一點準備都沒有。」

「什麼叫一點準備都沒有？她在做什麼？」

「她跪在老君像前，一見到奴婢，就問奴婢陛下可有好點。」

「……她問朕。」

「是。」

「你怎麼說？」

「奴婢照實說了。」

高力士「照實說」的意思，就代表楊玉環現在不只知道李隆基的情形，而且知道的內容一定很詳細，絕對不會比興慶宮裡最愛說閒話的宮女少知道任何一點。

「那她……她說什麼？」

「她說織女不管人的病痛，所以她不要向織女乞巧，要向老君祈求陛下身體安康。」

李隆基一個多月來第一次哈哈大笑。

「老君就有管嗎？」他問。

「奴婢也這樣問她。」高力士跟著笑了。

「她怎麼說？」

「她說老君神通廣大，什麼事都辦得到。」

「……只怕老君辦不到。」

高力士不敢接話。

君心難測，陷在「情」字中的人心更難測。

李隆基沉默半晌，問：「她求完還是可以準備七夕啊，這是她在宮裡的第一次七夕，難道她一點興趣也沒有？」

「她還沒求完。」

「什麼？」

「她說要靈驗的話，得誠心祈求三天三夜。」

「三天三夜！她……她還跪著？」

「是。」

「你沒叫她起來嗎！」

「奴婢說了，但是她堅持……」

「快去叫她起來！」

高力士很快地回來了，臉上仍是那樣帶著笑卻又發苦。

「她起來沒有？」李隆基急忙問。

「還……還沒。」

「怎麼還沒？你沒說是朕叫她起來的嗎？」

「奴婢說了，但是……」

「但是什麼！」

「楊太真說，她現在唯一能做的就是替陛下祈福，望陛下恩准。」

這個請求實在很合理，楊玉環的請求似乎總是合理得讓人無法拒絕。

唯一能做的事，唯一能做的事……這句話裡頭，是不是帶著那麼一絲絲對他的幽怨？

一想到楊玉環會怨他，李隆基的心就痛了起來。

她唯一能做的就是替他祈福，那他唯一能做的又是什麼呢？

李隆基輕輕地說：「你……你告訴她，朕睡了一覺，感覺好多了，要她不用……總之，叫她起來。」

這一次高力士回來得更快，表情更奇怪了。

「她起來沒有？」

「沒……」

「你沒說朕好多了嗎！」

「奴婢說了，還把她扶起來了，可是奴婢一走……」

「怎麼！」

「她又跪下去了。」

李隆基明白高力士為什麼會有那種表情了，因為他相信自己這時候的表情絕對比高力士還要奇怪一千倍。

楊玉環不是笨蛋，當然知道一個人的病不會一夕之間好起來。

「你不會再叫她起來嗎！」

高力士沒有回答，因為誰都能看出李隆基並不想要聽他的答案。

他已經像條鯉魚般一躍而起。

「走，到太真宮去，到太真宮去！」

三、

太真宮不小，裡頭卻只有一個人，一個跪著的人。

所以即使輕如李隆基的腳步聲，也會立刻迴盪在整個太真宮之中，而裡頭這個跪著的人，也會立刻知道。

李隆基來了，楊玉環當然不能不起來迎接他，更不能跪在那裡等李隆基把她扶起來。

只不過她的雙腿已經麻得完全不受控制。

她咬牙，起身，摔倒。

李隆基接住了她。

「高力士，叫御醫來！」

楊玉環急道：「不，很快就會好了。」

李隆基本來一把楊玉環叫起來就要走的，他已經下定決心了，真的已經下定決心了。

他下定決心的事情，是從來沒有人能改變的。

但是一聞到楊玉環身上的味道，感覺到她身上的顫抖，他連一點點決心的影子都沒有想起來。

他已不是個未經人事的少年，生命中也曾有過幾個真真正正能帶給他快樂的女人，可是像楊玉環這樣令他打從內心深處想要保護她、呵護她的，卻連一個也沒有。

「給御醫看看，朕才安心。」

楊玉環的腿好像已不是自己的，緊緊依著李隆基，點了點頭。

「陛下……陛下好了嗎？太真以為……」

「沒事，沒事。」

李隆基抱著楊玉環坐下，讓她斜枕在他肩上，一手摟住她，另一手輕輕捧起她的小腿。

「跪了多久？」

楊玉環的臉紅了。

「沒很久。」

這不是真話。

雖然楊玉環努力地睜大了眼，李隆基還是看得出她的眼睛很腫，連要睜開都很困難，裡面的血絲更不可能是一個夜晚造成的。

她是不是和他一樣，日日夜夜都嚐著思念的煎熬？

如果不是他在夢裡叫了她的名字，才讓高力士提起她，他甚至根本不會知道她撐著這樣的身體，還要替他向老君祈福。

他什麼承諾也沒有給她，為什麼她卻能默默地替他付出這麼多？

「為什麼這麼傻？」

「太真只希望陛下……」

「閉上眼睛。」李隆基不讓楊玉環說下去。

「為什麼？」問的同時，她已經把眼睛閉上。

李隆基小心地在她的眼瞼上吻了一下。

「因為我要妳好好休息。」

楊玉環輕輕「嗯」了一聲。

李隆基吻上她另一隻眼。

她的眼睛忽然又睜開。

「閉上。」他說。

楊玉環沒有答應。

她咬著嘴唇，一直看著李隆基，一直看，一直看，看了好久，好久。

興慶宮絕對是天底下最適合休息的地方，如果說有一個地方比興慶宮更適合休息，那一定是在興慶宮裡，朝思暮想的情人懷抱之中。

楊玉環就在這裡，靜靜地睡著了。

御醫來了，又離開。

「只要睡得好，就沒有問題。」他這麼說。

也不知是說楊玉環，還是李隆基？

李隆基沒有睡，靜靜地看著楊玉環。

他從來沒有好好看過一個人睡覺時的眼睛是什麼樣子，他從來不知道一個人睡覺時的眼睛，竟不比睜開的時候少半點魅力。

即使她閉上了眼，那雙柔情的牽掛仍像春天的細雨一般，一陣陣鑽進他心中的每一個角落。

原來在一個人身邊可以這麼安心。

李隆基上一次有這種感覺，已經是很久很久以前了，久到他自己也不敢確定那究竟是幻影，還是真的發生過。

丈夫回家了，妻子把飯煮好了，孩子睡了，這些每一天發生在每一個地方的事情，都離他好遠，好遠。

李隆基忍住不讓眼淚流下。

他不想讓眼淚模糊楊玉環的身影，他要一直好好地看著她。

但淚水還是落下了，從他臉龐滑落，落在地上，發出「噠」的一聲。

楊玉環醒了過來。

「陛下！」她用手指輕輕在李隆基眼窩邊沾幾沾。

李隆基握住她的手。

「再多睡一下？」

「陛下怎麼……怎麼……」

「妳才睡了沒多久，再多睡一下？」

楊玉環遲疑了一下，然後像是突然想起了什麼：「不，太真不能睡。」

「為什麼？」

「今天是七夕，要向織女乞巧……大白天睡覺，織女定會嫌太真懶惰，就不讓太真得巧了。」

李隆基一怔：「妳還要乞巧？」

楊玉環低下頭。

「本來太真只想求老君讓陛下快些好起來，什麼都沒準備，既然陛下沒事了，那至少得……」

「妳就別弄了，讓其他人多擺些瓜果就好。」李隆基一手扶著楊玉環肩頭，另一手護著她頸子，讓她輕輕躺下：「妳這麼沒精神，也不知幾天沒睡好了，一定得好好睡一覺。」

「可是……」

「沒有可是。」

皇帝講的話應該是全天下都要聽的，偏偏楊玉環看起來好像不太想聽的樣子，兩隻眼睛從李隆基的頭看到胸口，看到手臂，看到手指，再繞了回去。

如果有人這樣不把皇帝的話當一回事，還在他身上亂看，皇帝只怕要大發雷霆。

偏偏李隆基好像也不太生氣。

「妳看，我已經好多了，這都是妳替我向老君求來的。」

他揮揮手，往自己身上比劃了兩下。

楊玉環微笑。

「妳知道這代表什麼嗎？」李隆基問。

「什麼？」

「代表這件事情老君管了！老君神通廣大，織女絕對不敢怪妳。」

楊玉環「咯咯咯」地笑了起來。

老君神通廣大是她說的，可是織女不敢怪她，根本就是李隆基胡說八道。

她故意問：「真的嗎？」

「當然是真的。」李隆基很誇張地一點頭。

情人是不是像孩子一樣，即使是皇帝，仍然得哄她？

這是李隆基第一次聽見楊玉環笑。

她笑起來真好聽，他甚至願意一整天都坐在她身邊，什麼事也不做，一整天都聽她笑。

如果早一點聽見楊玉環的笑聲，也許他連生病的機會都不會有。

楊玉環將李隆基的手拉到心窩前，閉上眼，心滿意足地要睡了。

不過她立刻又睜開眼睛，望著李隆基。

「怎麼了？」李隆基問。

「陛下這幾天……不也睡不好嗎？」

「是啊。」李隆基撥弄著楊玉環的頭髮，讓她的頭髮一次次從指縫溜過。

楊玉環臉上微微一紅。

「陛下不用乞巧。」

「不用。」李隆基搖頭。

天氣正熱，他拉了一下被子，沒有幫楊玉環蓋上。

楊玉環的聲音忽然變得很細，很小：

「那陛下是不是也應該好好休息，多睡一點？」

四、

七月七日，夜。

花萼相輝樓。

酒菜，瓜果，焚香。

這是個女人的日子。

每年的這一天，宮裡總要從夜晚一直慶祝到天明，宮女們會將蜘蛛放到小盒裡，向織女乞巧，到了天亮的時候，盒子裡蛛網最密的人，便是「得巧」。

得巧代表著織女的賜福，也就是一雙如織女般靈巧的手。

雖然笨手笨腳的人不可能被選進宮裡，宮裡也不會有笨手笨腳的人，不過永遠不會有人嫌自己的手太巧的。

而且就算沒有得巧，一年之中也難得像這天一樣熱鬧。

所以，沒有人不喜歡這一天。

對那些出落得楚楚動人、氣質不凡，連太監都知道她們好看的年輕宮女來說，這一天甚至是一年之中最重要的日子。

因為織女不但有雙巧手，還有著一段堅貞的愛情。

如果她們的祈求能讓織女聽見，如果織女被她們的誠心感動，也許她們就會被李隆基注意到。

只要織女點頭，誰說她們不能成為第二個武惠妃呢？

武惠妃死後，她們的祈求就更殷切了。

特別是今年冒出了一個楊玉環。

李隆基一定是相當喜歡她，才會要一個王妃出家入道，可是，她進宮之後竟然就一直待在太真宮裡，一次也沒有被召見過。

曖昧不明的事情，總是最令人心頭蕩漾，精神緊張。

李隆基究竟是喜歡，還是不喜歡楊玉環？

她們究竟還有沒有機會？

到了今天下午，緊張的氣氛更是升高到前所未有的程度，若是有人偷偷走近這些年輕宮女身後，在她們肩上輕輕一拍，說不定就能把她們給嚇死！

因為她們都聽說，李隆基不但召見了楊玉環，而且還是高力士宣了三次，楊玉環不接旨，李隆基親自到太真宮去找她的！

沒有人知道這消息是真是假，消息的源頭也找不著了，不過至少有十來個宮女異口同聲表示，確實看見了高力士出出入入，來來回回，神色詭異。

有個叫「晴晴」的宮女還說著說著就罵起楊玉環來。

楊玉環一個人在太真宮待了大半年，難道有那個膽了違逆李隆基？

難道李隆基竟然愛極了楊玉環，即使她一再違逆，也不以為忤？

難道第二個武惠妃已經出現了，而那個人就是楊玉環？

不是這樣。

等到李隆基摟著楊玉環出現，她們立刻發現不是這樣。

楊玉環看著李隆基的那個樣子，只怕要她現在為李隆基死去也甘願的，怎麼可能違逆他的任何意思？

李隆基摟著楊玉環的那個樣子，只怕要他放千片刻也沒有辦法，怎麼可能耐著性子等高力士宣她三次？

謠言就是謠言，一旦事實浮現，沒有人看見的小破綻也會變成大破洞。

只不過這個破洞，不是宮女們想要的那一種破洞。

誰能成為第二個武惠妃已經不重要了，因為在楊玉環旁邊，李隆基好像年輕了三十歲，宛然是個翩翩少年郎。

如果一個女人能讓一個男人變得年輕，是不是代表這個女人就像他的生命一樣？

李隆基的生命，自然不是一個兩個武惠妃可以相提並論的。

李隆基的精神很好，他已經很久沒有睡得這麼安穩。

他想通了。

愛一個人絕沒有錯。

愛一個人可能會做出很多錯事，但是愛一個人本身並沒有錯。

李隆基問自己，有沒有因為愛一個人而做錯什麼？

楊玉環愛他，他幫楊玉環脫離了她一開始就不愛的人，他愛上楊玉環，於是兩個相愛的人長相廝守，怎麼看都沒有錯。

如果有誰說這樣錯了，那一定只是因為他不懂愛。

宮裡好幾年沒有這麼熱鬧了，宮女們嘻嘻哈哈，互相追逐，平常戰戰兢兢繃著一張臉的，今晚也笑得連聲音都認不出來。

李隆基和楊玉環卻好像與這一切都沒有關係。

他們只想找個地方互相依偎著，也許說說話，也許看星星，也許什麼事也不做。

總之，不要有其他人。

他們離開花萼相輝樓，沿著龍池邊走，將人群拋在身後。

月光很淡，像一道輕煙披上了楊玉環的肩，托住了楊玉環的臉。

李隆基忽然站開一步，看著月光下的楊玉環。

「妳真美。」

「啊？」

「我現在才發覺妳真美，說妳『羞花』真是一點也不過分。」李隆基說：「若是要拿花與妳相比……我還真想不出要用哪一種花。」

楊玉環的臉紅了：「太真……太真以前不美嗎？」

李隆基怔住了。

這實在是個很好的問題。

他記得楊玉環一直都是很美的，那為什麼他現在才發現？

這絕不是月光的關係。

「以前也美……只是……」

「只是？」

「只是妳有其他更美的東西。」

「太真不懂？」

李隆基想了一下。

「妳想古往今來所有女子，沒有不希望自己貌美的。」他說：「漢武帝時李夫人『一顧傾人城，再顧傾人國。』應該算是非常地美了。」

楊玉環輕咬下唇：「太真當然沒有那麼美了。」

「妳一定比她美多了。」李隆基搖搖頭。

「不過，李夫人既然知道『以色事人者，色衰而愛弛，愛弛則恩絕。』重病之時卻還是只從這方面著手，希望漢武帝繼續照顧她的家人，這怎麼對呢？」他繼續說：「所以她的兄弟後來也沒有得到庇蔭。」

「難道有更好的辦法？」

「當然有。」李隆基說：「女子往往一心追求容貌，而忘了還有許多事情比容貌更能抓住別人的心。」

「像是什麼呢？」

「像是體貼，關懷，傾聽，包容，善良，笑容……」

「這些似乎都比改變容貌簡單多了？」

李隆基笑著搖頭。

「妳是這樣的人，才會這麼說。天下多的是只重容貌卻面目可憎的女子，她們永遠也不懂得什麼叫體貼，什麼叫關懷。」

楊玉環秋波流轉，無論誰都可以看出她的心情很好。

「如果太真是因為這樣而和別人不同，那現在和以前又有什麼不一樣？」

「對別的女子來說，美好的容貌是她們一生中最值得驕傲的事。」李隆基說得很慢：「妳不同，妳的容貌讓她們再也無法驕傲，卻只是妳最不值一提的事。」

「陛下的意思是？」

李隆基輕輕撫摸著楊玉環的手：「妳的樂曲，妳的歌聲，讓我知道原來我不是孤單的一個人，讓我知道有人真心欣賞、感激我做的一切。妳的深情，妳的關懷又讓我整顆心溫暖起來。妳的舉止輕柔得令人心疼，妳的眼神溫柔得令人心醉。有了這些，我自然最後才注意到妳的容貌。」

楊玉環的雙眼忽然閃動。

「那陛下愛的是太真的樂曲，太真的歌聲，太真的深情，太真的關懷，太真的舉止，太真的眼神，還是太真的容貌？」

李隆基思考了半晌，看著她的眼睛，緩緩地說：「妳，就是妳，就只是妳。」

楊玉環笑得瞇起了眼，顯然對這個答案很滿意。

「太真的看法和陛下不同。」

「哦？」

「陛下剛才講的那些，用在男子身上也是一樣的。」

「有哪裡不同？」

「陛下的風姿絕不會因為多一些體貼關懷而被忽略，永遠都是那麼瀟灑。」

李隆基哈哈大笑。

他將楊玉環捲進懷中，環過她的腰，讓她枕著他肩頭，兩人抬頭望向天上牽牛織女。

「有妳在身邊，我好像笑得特別多。」

「太真也是。」

「嗯……」

「嗯？」

「妳不得已才出家為道，我不想叫妳太真……妳說要叫妳什麼好？」

「小的時候，爹娘都叫我阿環。」

「阿環嗎……好，我就叫妳阿環吧。」李隆基聞著她髮絲：「阿環。」

楊玉環踮起腳，頭微側，將嘴湊到李隆基耳邊。

「陛下。」

她的氣息溫熱而溼潤，李隆基登時心神一蕩，全身輕飄飄如在雲端。

他一低頭，看見了楊玉環的一雙眼睛。

她的眼睛還有些腫，眼神卻變了。

原先的憔悴蕩然無存，取而代之的是一種邀請。

一種直接走到他心裡敲門的邀請。

然後他看見她的一對嘴唇。

他輕輕將她轉過半圈，回覆了她的邀請。

不知過了多久。

她額頭抵著他額頭，他鼻尖觸著她鼻尖，彼此眷戀著不願分離。

「過幾年，我一定給妳一個名分。」

「阿環只要能在陛下身邊就心滿意足了。」

「不，我不能委屈妳。」李隆基遠遠向高力士招手：「我有個東西要給妳。」

高力士呈上的是一個小盒子。

細細長長，鑲著金花。

「我原本只是想給妳一個特別的東西，現在看來，也只有這東西才適合妳。」李隆基說：「這東西從很久以前就在宮裡，樣式極為樸素，所以一直沒有被拿走，可我左思右想，還是選了它。」

「為什麼？」

「原先我也不知道，現在我知道了。」李隆基打開盒子：「因為在妳身上，什麼裝飾都是多餘的，只會讓人覺得不滿意，它卻能讓妳的美完全展現出來。」

盒子裡是一枝金釵。

楊玉環從來沒見過這樣子的金釵。

金釵通常分成兩股，頂端若非有著各種裝飾，便是簡簡單單將兩股接在一起而已。

這金釵偏偏兩種都不是。

它的頂端沒有花，沒有蝶，沒有網，沒有格，沒有紋路，沒有玉石，沒有任何會在金釵頂端見到的東西，只有一彎小小的月亮，尖尖的兩頭延伸成了兩股。

這月亮若再小一點，便會讓人以為那只是連接兩股的一道彎曲。

「好美。」楊玉環驚嘆。

她拿起金釵，金釵在月光下籠罩著一層淡淡光暈：「好像今晚的月亮。」

「喜歡嗎？」

「嗯。」楊玉環點頭，笑容簡直能甜出蜜來：「這一點也不樸素，這是阿環見過最美的金釵了。」

李隆基大笑：「這金釵若知世上竟有妳我欣賞它，定然十分歡喜。」

楊玉環有些靦腆：「謝謝陛下。」

「戴上試試？」

「好。」楊玉環右手夾著金釵，左手扶住頭髮：「阿環整理一下。」

「我拿著吧。」

「嗯。」

金釵遞過，兩手收回。

兩人忽然都覺得不大對。

李隆基接過金釵時，發現金釵剩下一股。

楊玉環縮回手時，發現手裡還有東西。

李隆基手裡那一半和原本沒什麼分別，只是少了一股。

楊玉環手裡那一半頂端仍有個小小的月亮。

「它原本就是這樣一對的嗎？」楊玉環將手上那半湊近前去。

兩半一模一樣，都是一彎小小的月亮，有一頭延伸出一股，表面光滑，卻沒有光暈。

「這倒奇了！」李隆基接過她手裡那半，兩邊翻看：「兩半看來都是完整的。」

他說著將兩半以原本的樣式疊回去：「不知怎麼能……咦！」

金釵突然又合在一起，發出淡淡的光暈。

而且李隆基發現，他竟無法將金釵分開。

這是怎麼回事？

這金釵是不是一對情人，要合在一起才能散發光采？

「妳瞧，這不知是何巧手匠人打造，竟然又合起來分不開了。」

「阿環看看。」楊玉環用手指捏住其中一股，想拿過金釵。

金釵無聲無息分成兩半。

楊玉環立刻學著李隆基剛才的樣子，將手裡那半疊上李隆基手裡那半。

只聽「叮叮」幾聲，卻合不起來。

「阿環試試？」

「嗯。」

楊玉環接過另一半，輕輕一貼。

金釵再一次合起來。

李隆基若有所感，將手伸到金釵下：「妳放下來。」

楊玉環將金釵放到李隆基掌心，金釵沒有分開。

「這金釵定是有靈性。」

「靈性？」

「妳我一手一股，金釵就分開了合不起來，但若合起來，一個人就無法把它分開。」李隆基很是興奮：「這不就是說妳我同心，永不分離？」

楊玉環點點頭，聲音非常溫柔：「阿環與陛下同心，永不分離。」

「我幫妳戴上，咱倆一起發個誓願。」

「好。」

楊玉環取下原本戴的玉釵，指引著李隆基幫她戴上金釵。

此時，李隆基不再是皇帝，楊玉環不再是臣民，他的眼裡只見到了楊玉環，她的心裡只感覺到了李隆基。

開元皇帝沒有幫任何嬪妃整理過頭髮，楊玉環沒有讓任何男人整理過頭髮。

但是這個時候，李隆基幫楊玉環整理頭髮卻成了天底下最自然最幸福的事。

李隆基看準了，手指穩穩一送。

金釵才沒入頭髮，上面的光暈忽然像是打翻了盛著月光的琉璃瓶，從楊玉環的頭髮上流瀉而出。

「怎麼回事？」李隆基以為自己眼花了，縮手一看。

那道淡金色的光暈從他手掌一路流下，他的整隻手就像是浸在水裡，波光閃動。

「陛下的手……」楊玉環抓住李隆基的手掌。

光暈經過他的臂，頸部，往胸口蔓延而去，同時，她頭髮上的光暈也從頸部往下，流向手臂、身體。

「高力士！高力士！」李隆基大叫，向四周找尋高力士的身影。

高力士在打瞌睡。

「來人！快來人！」

四下一片寂靜，彷彿沒有人聽見李隆基的聲音。

楊玉環投入李隆基懷中，緊緊地抱住他。

「陛下！」

「別怕，別怕。」李隆基一次又一次輕輕撫摸楊玉環的背，他的心跳得很快，很快，但是聲音很鎮定。

在兩人的擁抱中，淡金色的光暈幾個呼吸間就流遍了他們的身體。

當最後那一寸腳趾也被浸在光暈中後——

他們消失了。

五、

滿天星斗無數，銀河流過天空。

一彎月亮浮在雲上，近得似乎伸手就能碰到。

雲霧濃密而厚實，也不知下面究竟是什麼地方？

光暈閃過，又消逝。

他們再出現時，是在一座峭壁之上。

一陣涼風吹過，吹得兩人都微微發抖。

李隆基深吸了幾口氣，緊緊護著楊玉環，仔細觀察起周圍。過往的經驗告訴他，愈是在未知的情形下，愈需要冷靜。

他回過身，就看見身後的那座樓閣。

琉璃屋瓦映著幽幽的月光，黃金匾額上寫著「長生殿」三個大字，白玉大門深鎖。

「長生殿？」楊玉環從他懷裡探出頭：「這是什麼地方？我們……我們是怎麼到這裡來的？」

李隆基苦笑：「我也不知道。」

話才說完，白玉大門「咿呀」一聲，緩緩地開了。

門後沒有人。

李隆基和楊玉環對望一眼，他們都讀過幾個凡人進入仙境的故事，漢時張騫乘槎逆流，直上天河，本朝衛國公李靖年少時更曾誤入龍宮，替龍王行雲佈雨。

難道他們也在無意之間闖入了什麼神仙洞府？

又或是哪一路神仙看中了他們，召他二人前來？

這神仙是不是要他們進到殿裡去，否則怎會如此恰巧，他們一來，門就開了？

大門還沒完全打開，李隆基和楊玉環的眼前忽然又出現了一團淡淡的七彩光暈。

他們都呆住了。

七彩光暈中竟然憑空冒出了一位女子，她的腳並沒有踏在地面上，也不是用走的走出那一團光暈，而是在宛若仙袂的霓裳之中，彷彿已和清風和而為一，輕飄飄地被風吹出來的！

這一定就是仙女。

李隆基和楊玉環再無疑問，攜手便朝那女子跪下。

皇帝雖貴為人間至尊，面對著神仙，終究只是凡人。

「弟子李……」

「弟子楊……」

那女子好像嚇了一大跳，身子一晃，一瞬間便飄到他們身前，扶住了他們。

「唉呀，別這樣！」

仙女出手相扶，他們自然不好硬跪下去。

李隆基站起身，極為恭敬地問：「仙子……」

那女子連連擺手。

「我不是什麼仙子，我和你們一樣，都是人。」

李隆基從沒有聽說過仙女會否認自己是仙女的，但她若不是仙女，眼下發生的這些事情又要如何解釋？

正沉吟間，那女子轉頭對楊玉環笑了笑：「妹妹，妳戴這金釵真好看，這裡好久沒人來了，難得竟然讓你們遇到一件長生殿的東西。」

楊玉環紅著臉，低下頭。

「長生殿的東西？」李隆基望向匾額：「就是這座長生殿？」

那女子點頭。

「沒錯，長生殿的東西只有在真心相愛的兩個人身上才能發揮作用，你一替她戴上金釵，金釵就帶你們來到了這裡。」

「為什麼？」

「為了給你們長生的機會。」

「長生？」李隆基瞪大了眼睛：「天底下真的有這種事？」

「天底下沒有，天上有。」那女子悠悠地說。

她的聲音好像就來自九天之上。

「妳！」李隆基和楊玉環同時倒吸一口氣。

那女子眨眨眼，彷彿要逗他們似的：「我是平王時候的人。」

「平王？」

哪一個平王？

李隆基即位前，也曾被封為平王。

不過她說的當然不是他。

「莫非是被……」李隆基原想說「被伍子胥掘了墳墓，鞭屍三百的楚平王」，忽然想到直斥人國君甚為失禮，趕緊改口。

「莫非是伍奢和費無忌時的楚平王？」他失聲叫道：「那妳豈不已活了……一千二百多年！」

「不是他，還要再早一點。」

「再早？」李隆基仔細回想：「遷都雒邑的周平王？」

「對了。」那女子微笑。

李隆基和楊玉環兩眼發直，盯著她，半晌說不出話。

周平王遷都雒邑，已經是一千五百多年前的事，可是眼前這女子看上去絕不會超過二十歲！

「姊姊也有這樣一枝金釵嗎？」楊玉環問。

「不是，每樣東西都是獨一無二的，我的是這件衣服。」那女子說著轉了一圈，衣袖飄飄，如霓，如虹，如雲，如霧，如煙。

楊玉環看得彷彿已著迷。

「這一定就是傳說中的霓裳羽衣了。」

「是有人這麼說。」那女子輕笑：「長生殿的每一樣東西都有自己的特性，這件衣服的特性是能讓人飛起來，以前的人看到了，一傳十，十傳百，加些油添些醋，就變成你們聽到的故事。」

楊玉環伸手摸了摸頭上的金釵：「這金釵也有自己的特性？」

「有，不過得在你們決定受長生之後，自己去找出來。」

「來到這裡的人都能長生不死？」李隆基問。

「只要願意付出代價，就可以。」

「什麼代價？」

「你們得相守至天荒地老，天上人間，永不分離。」

六、

李隆基和楊玉環都怔住了。

這就是代價？

自古以來有多少人求長生而不得，而和心愛的人相守至天荒地老，又是多少人只能在夢裡求的事？

李隆基的態度一直很恭敬的，此時卻忍不住哼笑一聲：「妳莫非是說笑？若我們真能長生不死，又能永遠不分離，當真連神仙都要羨慕我們，怎麼能算代價？」

「我不是說笑，要受長生，就得發下這個誓願。」

「真有這麼簡單？」

「也許就是太簡單了。」那女子嘆了口氣：「幾千年來，後悔的人並不少。」

「我願意，我絕不後悔。」楊玉環猛地緊緊握住李隆基的手。

她的手心溼透，手指冰冷。

李隆基也在一瞬間和她想到了同樣的事。

——他已經老了，活在世上的時間已經不多了。

幾個月前，他還覺得活著已經沒有什麼意思，活一天便算一天，要是哪一天突然死了，他也不會太遺憾的。

可是今天，一切都變了。

他好像又重新活了過來，又變成一個年輕小伙子，對這個世界充滿好奇，迫不及待地想和她一起開始嶄新的生活。

他開始害怕失去。

他怕的不是失去生命，而是她。

「你呢？」那女子問李隆基。

李隆基心裡一千個一萬個希望這是真的，可是這代價實在太美好，太誘人，讓他不得不懷疑。

「真的只有這個代價？」

「對。」

「怎麼可能會有人後悔？」

聽了這句話，那女子的臉上忽然浮現出一絲哀傷。

「人會變，心會變。」她說：「有些人會厭倦日日夜夜面對同一個人，有些人卻是不知道該如何日日夜夜面對同一個人。」

李隆基低頭，看向懷裡的楊玉環。

她也正抬頭看著他。

那女子說的原因，自然是不會發生在他們身上的。

他們連每一次呼吸、每一次心跳都捨不得放開對方，更不用說日日夜夜面對彼此。

那些後悔的人，真是太不懂得珍惜了。

李隆基在一瞬間便做出了決定。他將楊玉環的手拉到心口，輕輕按住：「我不會厭倦，我要永遠和妳在一起。」

「這麼說，你們都願意？」

「願意。」兩人齊聲說道。

「那你們隨我進殿裡，發個誓願。」

一座雲霧縹緲間的仙闕樓閣，一個天長地久的永生約定，還有什麼地方比這裡更適合深情的人們發下誓願？

進到殿中，他們一刻也不想再等。

「阿環，我們若是在天上，便作一對比翼鳥，若在地上，便作連理枝，無論天上人間，永不分離，妳說好不好？」

「嗯。」楊玉環鼻子一酸，嘴角泛著笑意，眼眶含著淚光。

她慢慢地說：「在天願作比翼鳥，在地願為連理枝，天上人間，永不分離。」

李隆基說：「今日是七夕，牛郎織女便是我們的證人。」

楊玉環的淚珠自頰邊一閃而下，輕輕點頭。

「牛郎織女是我們的證人。」

李隆基用手指小心地抹了抹楊玉環的眼角。

她吸吸鼻子，想要對他露出笑容。

她馬上就成功了，但是淚水也同時像銀河瀉落到地上來一般，無可抑止地湧出。

笑得愈燦爛，哭得愈厲害。

李隆基輕輕地抱住楊玉環。

哪知她原本還會笑的，一到他懷裡，卻只剩下哭聲。

楊玉環也不知道自己怎麼了，明明覺得自己剛成了世界上最快樂最幸福的人，心裡卻只想哭。

她放聲大哭，彷彿生平所有的不如意全留到這時才化作淚水流出。

李隆基從沒有見過一個人能這樣哭得不顧一切。

他想說些什麼話來安慰她，他覺得應該說些什麼，但是心裡有種奇異的感覺阻止了他。

他忽然發覺，楊玉環這時候流露的氣息和彈琵琶時並沒有分別。

一個柔弱女子彈起琵琶，原本是誰都可以走上前去一把打斷的，可是當這個柔弱女子用樂音來傾訴衷情，表明心志，甚至演奏生命時，就成了世上最堅韌的力量。

有哪個不是木頭的人能掙脫這股力量？

李隆基的心神已被牢牢抓住。

他發現，從一個人的哭聲可以聽出一個人的故事。

而且用這種方法說出來的故事，即使這個人想說，也絕無法用言語再說一次。

所以他靜靜地聽著。

這故事說得並不久，不過久得足夠讓李隆基踏進楊玉環的過去。

久得也足以讓楊玉環知道李隆基踏了進來。

這一踏進去，兩個故事就變成了一個故事，楊玉環的故事裡有李隆基，李隆基的故事裡有楊玉環。

他們突然看向對方。

他們都感覺到自己的故事變了，從此一切不再相同。

從此，他們只需要一個故事。

他們不約而同地笑了。

那女子也笑了。

「好，成了。」

「什麼？」他們望向那女子。

「長生不死啊。」

「成了？」

李隆基扶著楊玉環雙肩，楊玉環摸摸李隆基臉頰。

「好像沒有什麼變化啊？」李隆基問。

那女子噗哧一聲：「長生不死會有什麼變化？過個三五十年你就知道啦。」

李隆基怔住，他的確沒有辦法知道自己是不是長生不死。

「現在你們還得選擇一件事情。」那女子說。

「還得選擇？」

「對。」那女子纖手一揮：「選擇你們要在天上，還是人間。」

她的身旁突然出現一團白光。

楊柳清風，寒鴉戲水。

平沙落雁，晚照殘陽。

秋湖月夜，紅息綠靜。

雪山春曉，萬物歡歌。

「這是？」

「這就是天上。」

這是天上？天上不是應該像長生殿這般，處在虛無縹緲間？不是應該充滿奇花異草，珍禽異獸？這些景色雖美，卻和人間一模一樣！

「天上和人間有什麼不同？」李隆基問。

「天上所有的人都長生不死。」

「我們選擇了，就只能在一個地方嗎？」

「不是，只不過……」

「只不過？」

「如果你們選了人間，再想到天上，就得等你們之中有一人死而復生才行。」

「死而復生？」李隆基奇道：「長生不死，又如何死而復生？」

「長生不死在天上和在人間是不同的。」那女子說：「在天上會一直維持著年輕時的樣子，不會老也不會死，在人間會和一般人一樣老死，但死後三魂不散，重凝七魄，三十六個時辰之後又再回到年輕時的樣子活過來。」

「這是為什麼？」

那女子嘆了口氣。

「因為這樣才可以做到長生不死做不到的事情。」

「有什麼是長生不死做不到的？」

「孩子。」

「什麼？」楊玉環怔住。

「受長生的人生出來的孩子並不是長生不死……如果妳永遠年輕，而孩子一天一天老去，然後死去……妳能想像嗎？」

楊玉環想都不敢想。

那女子接著說：「所以天上的人若想要孩子，就可以到人間過完正常人的一生。」

楊玉環偷瞄李隆基一眼：「為了孩子，自己也得死一次……」

「人本來就要死。」那女子搖頭。

李隆基問：「如果選擇在天上呢？」

「你們隨時可以到人間去，不一定要生孩子。」那女子說：「不過，除了這一次選擇，之後每一次要從人間到天上，都得死過一人。」

七、

李隆基累了。

大唐已到頂點，正是該急流勇退，享享清福的時候。

他們只要先到天上，等沒有人認得的時候再到人間來，就可以作一對平凡的小夫妻，有個幸福的家庭。

他們會有幾個孩子，孩子們會在門前追逐嬉戲，平平安安、快快樂樂地長大。

他們也許會過得有點辛苦，甚至可能很辛苦，可是他們的孩子不會自相殘殺，也不會被陷害。

雖然這是很久以後的事，不過他能看見。

他相信楊玉環也能看見。

可是，他同時還看見了另一條路。

「阿環，我們回去吧。」

楊玉環顯然吃了一驚：「陛……陛下想回去？」

「對。」

「我以為……陛下會想在天上。」楊玉環低頭。

「我想，但是我更想……」

「想？」

「我更想讓妳得到妳該有的對待，享受妳該有的生活。」李隆基說：「這些年實在苦了妳。」

「只要和陛下在一起，就是最好的享受了。」

「不行，以後再到人間，我就不是皇帝了，就沒辦法再讓妳享受宮裡的生活。」

「可是阿環……」

「而且，我還要讓大唐再富足三十年！」

「啊？」

「我本來以為，大唐不能再更好了。」

「三十年來，大唐的繁華昌盛確實超越過去任何時候。」

「是啊。」李隆基嘆了口氣：「老君說『持而盈之，不如其已，揣而銳之，不可長保。』又說『功成身退，天之道。』」

「這似乎有點道理？」

「這很有道理，只是我不相信。」李隆基說：「國家一定要長治久安，百姓才能安居樂業，衣食無缺，絕沒有不可長保的道理。我能讓百姓富足三十年，就能讓百姓再富足三十年！」

「陛下已經想到辦法？」

「我會想到。」

李隆基的神情忽然又回到了楊玉環記憶中他年輕時那樣。光采耀眼，自信逼人。

但是他的語氣很溫柔。

他說：「有妳在身邊，我一定能做到。」

八、

也許楊玉環懂了，也許楊玉環不懂。

她只是低下頭，輕輕地說：「我們回去吧。」

第四章　沉星

一、

天黑了，繁星滿天。

隔日便是中秋，月亮幾乎已成了一個圓。

月圓人團圓，那心呢？

心是不是團圓？

心若沒有團圓，人還算是團圓嗎？

二、

屋裡點起了蠟燭。

燭光分出了兩個世界，其內溫暖而明亮，其外一切朦朦朧朧。

平常這個時候，二娘差不多要睡了，不過現在她的精神相當好。

李三郎說完第二個故事之後，跟她要了個碗，裝了一碗水。

二娘以為他想喝水，可是他就只是把水放著，然後從包袱裡拿出一個拳頭大的木碗和一截不長不短的木頭，再從懷中摸出一個小袋子。

他小心地從袋子裡倒出幾顆五顏六色的果子和幾片青綠色的葉子。

二娘居然一樣也認不出來。

果子很小，看起來不能吃，葉子看起來不像是菜，而且數量也不多。

他跑了多遠？採這些要做什麼？

二娘一句話也沒有問。

她只是靜靜地看著他挑了其中一顆果子，放到木碗裡，用那截木頭把果子壓碎。

「怎麼不說話？」

「我瞧你很認真，不好打擾你。」

「沒關係的，這並不費神。」

「嗯。」二娘整個眼睛亮了起來：「那我問你，真有長生殿這個地方？」

「有。」

「那女子真活了一千五百多歲？」

「對。」李三郎看著二娘雀躍的神情，手上動作愈來愈慢，心中忽然浮現一種奇怪的感覺。

這個情況好熟悉，是不是以前發生過？

他沒有來過這裡，也不曾為了她去摘果子，更不可能遇過她失去記憶的時候。

那麼，這股熟悉的感覺究竟是從哪裡冒出來的？

「那女子究竟是誰呢？」

「我……他們也不知道。」

「那金釵……真想親眼看看那金釵。」

「這倒很容易。」李三郎放下手裡的木碗和那截木頭，微微一笑，探手入懷。

當年他們將金釵分開，一人收著一股，說好無論天涯海角，只要見到了金釵便好像是見到對方一樣。

這一股，他貼身收藏了四十年。

如果沒有這一股，他早已瘋癲。

二十年前一個寒冷的夜晚，他被困在峨嵋山裡，已經七天找不到東西吃。飢餓、寂寞、悔恨，都打不倒他，可是他看不見希望。

日復一日，年復一年，他連個見過她的人也沒遇到過。

那時候，他才終於明白長生殿裡那女子要他們發的誓願是什麼意思。

那根本不是對長生殿的承諾，也不是他們兩個人之間的承諾。

那是對他自己的承諾。

違背了承諾，懲罰他的人就是他自己。

沒有人的懲罰能比自己更重，沒有人的折磨能比自己更痛，那晚他闔上雙眼時，只盼自己永遠都不要再醒過來，不要再日日夜夜承受這令人瘋狂的煎熬。

可是三天過去，他還是醒來了。

他取出金釵，將金釵貼在臉上。

金釵就好像是她的手指，她的嘴唇，她的頭髮。

金釵就是他的一切。

他不住地流淚，直到手指僵硬，直到嘴唇乾裂，直到淚都流乾，直到頭髮都失去光采。

直到一切都消失。

直到天地之間只剩下一個人。

然後他深深地吻一吻金釵，繼續尋覓。

如今他終於找到了她，這一股也終於可以與另一股重逢，他甚至能感覺到手裡的金釵溫溫熱熱，似乎和自己一樣地興奮！

看到了這一股，她會不會想起以前的事？

會不會和以前一樣覺得這金釵很美？會不會……不對，事情不對了。

李三郎全身在一瞬間失去了力氣，手「碰」地在桌沿撞了一下，面色驀地發白。

二娘一聲驚呼，連忙拉起他的手：「怎麼了？怎麼了？」

李三郎沒有回答，雙手不住顫抖，將金釵湊到二娘面前。

他只想立刻確定一件事。

「妳……妳……可曾見過這金釵？」

金釵搖搖欲墜，彷彿隨時會從他手中落下。

二娘扶著他的手腕，渾然沒有注意到金釵，焦急地問：「是不是很疼？」

李三郎用力吸了口氣，手掌一翻，握住二娘的手。

二娘滿臉訝異地望著他。

「沒事，沒事。」李三郎輕輕地撥開二娘的手指，將金釵放入她的手心：「妳看，金釵。」

二娘皺眉：「你的手……」

「真的沒事。」李三郎伸手往旁邊胡亂甩了幾下。

二娘笑了笑，柔聲問：「真的沒事？」

李三郎很快地點頭。

二娘彷彿要再三確認，又盯著他瞧了半晌，才慢慢地就著燭火打量起金釵來。

金子打造成的東西，照理說在燭光下應該會閃耀著光芒。

這金釵卻沒有。

它反而像吞噬了周圍的光芒，顯得黯黯淡淡。

「這金釵雖素，卻素得雅緻。」二娘問：「怎麼會在你身上呢？」

她的反應如同一把尖刀，狠狠地刺進了李三郎心裡。

事情不應該是這樣。

她忘了他，忘了以前的日子，忘了以前的一切，可是，她卻不應該不認得這一股。

即使他的形容沒有讓她想起來，當她親眼看到這一股的時候，也應該認得自己身上有著一模一樣的一股。

除非那一股根本不在她身上！

怎麼會？那一股怎麼會不在她身上？

「是……是仿製的。」李三郎怔怔地說。

「這種東西也有人仿製？」

「長安的人很喜歡他們的故事，所以……」

「原來如此。」

二娘細細翻看金釵，突然嘆了口氣。

「玄宗說的不錯，簡直連神仙都要羨慕他們。」她問：「怎麼會有人後悔呢？」

李三郎輕輕「嗯」了一聲。

他開始慢慢地磨著，想讓自己專心在眼前的事物上。

紅的，黃的，紫的，橘的。

果子一個個被放進木碗裡壓碎。

「我也不知道。」他低聲說。

二娘這才覺得他有些不對勁。

「你是不是很累了？要不你告訴我怎麼做，我幫你？」

「不，就要好了。」

果子葉子已被磨成溼溼黏黏的一團，李三郎用那截木頭將果子葉子撥到木碗的一旁壓著，然後傾斜木碗。

一滴，兩滴，裡面的汁液慢慢落入清水之中。

清水在燭光下好似琥珀一般，那五顏六色各種果子葉子榨出的汁液竟是暗黃色的，一落入水中便泛起一陣波光蕩漾，然後如縷縷輕煙，緩緩散開。

二娘不禁叫了出來。

「啊，這……這真漂亮。」

李三郎的臉上閃過一抹幾乎無法察覺的微笑，等木碗裡汁液流盡後，用那截木頭在水裡攪了兩下。

「好了。」

「嗯？然後呢？」

「喝看看。」

「我嗎？」二娘又驚又喜：「這是給我的？」

「對，妳……辛苦了。」

「辛苦？」

「是啊。」李三郎很誠懇地說：「我今天才知道原來燒菜這麼辛苦。」

「不會啊。」二娘的臉微微一紅。

李三郎看著她，眼神漸漸迷離起來。

「以前在家裡，我們常常一起喝茶……」

「茶？」

「是一種特別的葉子，煮過之後才能喝。」

「真的嗎，我從來沒有聽說過呢。」

「一般人家並不容易見到。」李三郎的聲音帶著深深的感傷：「所以我離開家之後，一直在想辦法做出相同的味道。」

「你成功了嗎？」

「沒有。」李三郎搖頭：「差得遠了。」

二娘端起碗，淺淺嚐了一口。

琥珀色的水仍然是琥珀色，只是稍微深了一些，味道卻已大不相同。

「啊，這味道……」

「如何？」

二娘沒有回答。她接著又喝了一口，含在嘴裡慢慢吸氣，呼氣，再吸氣，呼氣，然後才一點一點吞下。

她想了一想，說：「剛入口的時候好像有點酸，其實卻是甜的，含在嘴裡好像有點苦，卻又散發著一股香氣，等到吞了下去……」

「如何？」

「各種味道迴盪在嘴裡，久留不去。」

李三郎很意外。

「我倒沒有感覺到那麼多。」

「那你喝起來是什麼樣子？」

「苦，就是苦。」李三郎說：「茶也就是苦的。」

二娘笑了：「只有苦的話有什麼好？」

她又小啜一口，彷彿想要特別感受李三郎所說的苦。

「當然不是只有苦，可這苦才是本色。」李三郎回答。

「你只喝到苦味，難道不會膩嗎？」

「世間事本就如此。」李三郎輕嘆：「人生本就充滿苦難。」

二娘搖頭：「你這樣想就錯了。」

「難道不是？」

「如果你的人生充滿苦難，那就更不該無端加重它。」二娘說：「你這樣想，就好像嫌人生的苦難還不夠多。」

李三郎細細想著這句話，呆呆出了神。

他們的苦難，難道還不夠多？

二娘邊慢慢地喝著，邊偷偷看著他。

她實在捨不得把這碗神奇的「茶」喝完。

每一口的苦味都很淡，卻又確確實實存在，令人無法忽略，甜味酸味香味各自奔放，誰也不能蓋過誰。

為什麼他只感覺到苦？

「人生還是有很多美好的事情……謝謝你。」碗底已若隱若現，二娘低著頭。

這是在說她自己，還是他？

李三郎的心頓了一下。

「妳喜歡的話我明天再做，明……明天我就做成甜的。」

「不用。」二娘輕笑：「正因為苦是苦，所以甜才會是甜，只吃到苦的是你，不是我啊。」

她的笑很甜，連一絲絲的苦也沒有。

李三郎知道他永遠也不會膩。

可是她說錯了，吃苦的並不只有他。

「對。」李三郎點頭：「妳說得對極了。」

三、

雲霧之中的一條河，河邊的一座小屋。

一陣白光閃過，一個女子驚呼：「糟！后羿和姮娥下去了！」

她身旁的男人眉頭一皺：「他們走得好快，現在竟已進了斜谷……奇怪，姮娥怎麼會答應他？」

「后羿那種人什麼事做不出來？姮娥定是被他逼著下去的。」

「一對可憐人。」

「你說誰啊？」

「好吧，兩對可憐人。」

「哪來的兩對，最多就三個。」

「……想不到過了四十年，他還真的下去了。」

「四十年算什麼？」那女子憤恨不平：「都五百多年了，那傢伙還是差勁透頂，真是苦了姮娥。」

「那是他們之間的問題，可是現在……」

「太過分了，誰該來誰不該來，他哪有權力決定？真要說誰不該來，我倒希望他不要回來。」

「那姮娥也沒辦法回來。」

那女子「哼」了一聲。

「這樣實在不合理，為什麼她就得這樣永無止盡地受折磨。」

「這也是她的選擇。」男人說：「別忘了，當初若不是雙方都真心真意，他們根本進不了長生殿，更不可能受長生。」

「那不過是一時的錯誤罷了，誰能不犯錯呢？這個錯誤的代價太大了。」

「世間事本就如此，我們能幫她的，都已經幫了。」

那女子嘆了口氣：「好吧，那你說說，我們該怎麼幫幫下面那一對？」

「幫什麼？她記不起來，還能有什麼辦法？」

「你知道我說的是什麼！」

「……也許他們不要上來比較好。」

「怎麼連你也這樣說！」

「我只是覺得，他們來了也不一定會過得比較好，不如留在下面。」男人的面色凝重：「甚至她什麼都不要想起來，就這樣子繼續下去說不定更好。」

「怎麼會呢？幾千年來，從沒有人想留在下面，當初他若不是皇帝，早就來了。」

「這裡只怕有將近一半的人認為她是禍水，他們來了，難道能過得自在快活？」

「真不知道那些人有什麼問題，她怎麼會是禍水？」

「他們要這樣想，誰也改變不了。」

「……我不管，我要幫他們，至少也得讓他們有選擇的機會。」

「妳想怎麼做？」

「只有……只有一個辦法。」

「妳想下去？」

那女子對男人眨著一雙汪汪大眼，問：「好不好？」

「我們下去能做什麼？」

「總得有人告訴他們發生了什麼事啊！他們知道了，才好防備。」

「他們就算知道，也防不住后羿的箭。」

「后羿見到我們，總會有些顧忌。」

「他會有顧忌？」

「他……」

「妳就如此肯定，他不會連我們一起殺了？」

「唉呀，我就不信他有這麼大的能耐！」那女子連連跺腳：「我們五個……就算姮娥兩不相幫，我們四個難道奈何不了他？」

男人搖頭。

「奈何得了又如何？奈何不了又如何？她若是永遠想不起來，我們難道永遠留在下面幫著他們與后羿周旋？」

「不然……我們拖住后羿一陣，讓他們有時間逃走？」

「逃去哪？一世過後，后羿只要回來，立刻就能掌握他們的行蹤。」

「如果出海呢？到日本去？后羿就算知道了，總不會真的追過去。」

「風浪太大，海路難行，豈是說去就去？而且依后羿的性子，大概還是會追過去的。」

「依你這樣說，豈不是一點辦法也沒有！」

「……只有一個辦法。」

「什麼辦法？」

「下去。」

「啊，你願意？可是……你不是說下去也沒有用？」

「妳說的不錯，上不上來應該由他們自己選擇，后羿的確是過分了，何況我們還是他們的證人，一定要下去幫他們。」那男人說：「只不過不是現在。」

「不然？」

「等后羿回來，等她想起來。」

「你是說……」

「身上帶著兩件長生殿的東西是進不來的。」

那女子恍然大悟。

「后羿要回來的時候，一定得把他們的金釵留在下面。」

「不錯，我們在上面看著，等后羿回來了，她也想起來了，再下去告訴他們金釵被藏在哪裡。他們都過了一世，若想留在下面自然沒問題，否則也能立刻上來，他們一上來，后羿的箭就不成威脅。」那男人問：「妳說這樣好不好？」

「只有一點不好。」

「哪一點？」

「這樣他們太可憐了！苦了這麼多年，又分開四十年，到現在居然不能相認，定情之物還要被搶走，等后羿回來已經不知道是幾十年以後的事了，這要他們怎麼熬下去？」

「那妳說該怎麼辦？」

「我們現在就下去。」

「……妳想清楚了？」

「對。」

「好吧，那我們得快點。」

四、

夜涼，夜色並不如水。

夜色很冷。

月色更冷。

眾星如霜又如塵，遮蔽了整片天空。

夜裡的天空不是黑的，夜裡的天空是藍的。

很深很深的藍，就好像海水一樣。

有人說，神仙住在天上，也有人說，神仙住在海上。

神仙住的地方，是不是都這麼地藍？

都這麼地冷？

李三郎不相信有神仙。

如果有神仙，世間就不該充滿苦難。

如果有神仙，就應該會看見他為天下百姓做了多少事情，就應該讓他和二娘平安團聚，而不是像這樣連相認都不行，連長生殿都進不去！

這世界上，根本就不可能有神仙。

可是現在，他好希望有神仙，好希望有神仙能聽見他的祈禱，告訴他該怎麼做。

他還能怎麼做？

所有他認為對的事情都已經做了，卻無可挽回地走到這個地步。

想造福天下百姓，難道錯了？

難道他們一開始就應該留在天上？

如果重來一次，他會不會有不同的選擇？會不會為了她，犧牲自己的理想？

他感覺得出她深深為他所做的一切感到驕傲。

如果放棄了，她還是會為他感到驕傲嗎？

他不知道。

他什麼也不知道。

星沉。

思緒更沉。

現在的她，看起來好快樂。

他帶給她的只有不幸，只有苦難，永遠沒辦法讓她這麼快樂。

她不要想起來，是不是比較好？

如果知道金釵少了一股，再也進不了長生殿，她能接受嗎？

他虧欠她的太多，就算把此後的生生世世都用上，也不足以償還。

是不是就讓他一個人承擔一切？

只要她能一直這樣快快樂樂的，所有的悲傷和痛苦，他都可以承受。

只要他能看見她快樂。

只要他能看見她快樂……

他根本一無所知。

二娘翻來覆去，終於還是爬了起來。

她說服自己，關心關心一個沒有家的年輕人也是應該的。

何況這個年輕人對自己很好。

她胡亂披了件衣服，想去看看李三郎是不是睡了，缺不缺什麼。

才走出房間，她就看見他獨自在月光下負手而立。

他的身影好像溶進了夜，溶進了月光裡。

她只看見他的背影，卻彷彿已看見他臉上的表情。

那是一種悄然無聲，近乎死寂的表情，連呼吸都沒有聲音，連心跳都很安靜。

那是一種冷眼旁觀，無動於衷的表情，就像月光一樣清冷。

那是一種心已死，念已絕的表情。

她看著李三郎的背影，全身的血液好像在這時一齊湧入了心中，然後慢慢淹沒整個胸口，凝滯不去。

一抹抹厚重的黑暗爬上她的手，她的腳，壓得她喘不過氣來。

明明是李三郎的情緒，二娘卻覺得自己已經被擊倒。

他說他想家，說家裡人事已非。

他的家究竟發生什麼事，讓他變成這樣？

二娘不忍心再看著李三郎，卻沒有辦法把眼睛從他身上移開。

她該怎麼做，才能讓他好過一點？走過去安慰他？

無論是誰看見李三郎的背影，一定都會想要安慰他。

可是，二娘從來也沒有安慰過人。

她該說些什麼？如果她說錯了什麼，會不會讓李三郎更難過？

也許李三郎並不希望讓人看見他這個樣子。

雖然一開始看見他時，他淚流滿面，但後來始終以笑容面對二娘。

也許連他自己都不想再提起那些事情，更不想聽見別人提起。

如果她說了什麼不該說的話，問了什麼不該問的問題，也許他就會離開。

也許她應該裝做什麼事也沒有發生，裝作沒有看見李三郎一個人清清冷冷地站在月光下，等他想說的時候，自然就會說。

他們不過偶然相逢，也許李三郎難不難過根本就不關她的事。

也許……

「也許這些根本就不重要。」二娘的心裡突然有個聲音冒出來。

這個聲音沒有回答任何問題，卻解決了所有問題。

這個聲音說：「我不會安慰人也沒有關係，我不知道發生什麼事也沒有關係。」

怎麼會沒有關係？

二娘想要反駁，可是這個聲音又繼續說：

「我只要陪著他就好，讓他知道這個世界上有人關心他，有人在乎他……只要陪著他就好。」

二娘的血液忽然又回到全身，手腳又有了力氣。

她轉身回到房間，穿好衣服，盤起頭髮，感覺自己腳下的每一步從未如此踏實。

她走出房間，再次看見李三郎的背影。

她跑了起來。

她也分不清楚，究竟是她想要陪著他，還是她想要他陪著？

五、

李三郎的心再冷，聽見二娘的腳步聲也都融化了。

他費了好大的勁，才沒有在看見二娘奔向自己時，張開雙臂迎向她。

二娘在李三郎面前停下。

她的身體一向很好，照理說跑這幾步應該連氣都不會喘一下，可是她的臉很紅，呼吸很快。

兩人相視了半晌，李三郎問：

「怎麼不睡？」

二娘想也沒有想：「我睡不著。」

她說完立刻發覺這話大有蹊蹺，只不過她的臉已經沒有辦法更紅。

李三郎微微一笑，側過身子向斜上方望去。

「妳看，中秋了。」

二娘順著他的目光看去，今晚的月亮還不算非常圓，但已經斜落，的確是中秋了。

「月亮圓了又缺，缺了又圓，妳說，它不累嗎？」李三郎問。

二娘轉頭注視著他，一時不知該怎麼回答才好。

李三郎低下頭。

二娘脫口而出：「很累，一定很累了。」

「那麼，它為什麼不停下來好好休息？」李三郎又問：「一直都是滿月，又白，又圓，又亮，豈不是很好？」

「我倒覺得一彎月牙也挺美。」

李三郎怔住，想到了懷裡的金釵。

「但是……那就不圓了。」他說。

「有什麼關係呢？」

「月圓人團圓，不是嗎？」

二娘搖頭：「人若想團圓，何必等月圓？人若不想團圓，月亮再圓又有什麼用呢？」

人是不是團圓，本來就和天上的月亮沒有關係。

月亮一定會圓的，人卻不是。

李三郎嘆息。

「人不能團圓，看看月圓，總是好的。」

二娘輕輕地說：「會不會就是有人想見到月圓，有人想見到月牙，月亮沒有辦法，只好這樣子圓了又缺，缺了又圓？」

「那它就太笨了。」

「你不覺得正因為它如此多情，才受到人們喜愛嗎？」二娘柔聲說：「如果人們知道要怎麼做，才能把心裡的情感傳達給它，那一定有很多人會做很多事情來謝謝它。」

這句話從誰的口中說出來，李三郎只怕都要嗤之以鼻，不過從二娘的口中說出來就完全不一樣了。她絕對是天底下最有資格說這句話的人。

李三郎在地上坐下來，不發一語。

二娘跟著坐下。

「什麼事這麼傷心，告訴我？」

第五章　柴刀

一、

回到人間，李隆基將年號改為「天寶」，並以祭神為名，在驪山宮建造了「長生殿」。

這自然是為了紀念七月七日那天晚上發生的事。

人們都說陛下已被楊玉環迷住，竟然說她是「天賜之寶」，還說陛下老了，開始追求長生。

朝中甚至有人明說了：「皇帝若愛女色，國家便會衰亡。」

李隆基知道說什麼都不會有人相信，也不想讓別人知道些什麼。

他只想用事實來證明，他們錯了。

歷史的教訓太深刻，生於憂患，死於安樂，世上難道真有永遠的太平？

如果李隆基不是皇帝，肯定會說沒有。

可惜他是，而且還是開創幾千年來最長一段太平盛世的那一個。

如果連他都做不到，還有誰可以？

要做沒有人做到過的事，就要解決沒有人解決過的問題，沒有人解決過的問題，自然有其難以解決的道理。

李隆基即位以來，解決了許多沒有人解決過的問題，做到了許多沒有人做到過的事，可惜，他還是沒辦法解決所有問題。

在努力了幾十年後，他本已精疲力竭，已不想再繼續，也不知該如何再繼續。

但是現在情形不一樣了。

現在，他身邊有楊玉環。

再怎麼堅強的意志也有摧折的一天，只憑著一股氣，絕對撐不了多久。

這就好像劈柴。

愈是鋒利的柴刀，人們用起來愈順手，便愈愛使用。

用得愈多，鈍得就愈快。

柴刀若是鈍了，自然就愈來愈難使，不論再怎麼用力劈，劈再多刀也沒有用。

這個時候，就必須要磨一磨。

磨刀也不能直接磨，得要加水，天下莫柔弱於水，而攻堅強者莫之能勝，刀再利也砍不斷水，水卻能讓刀更利。

這道理看似簡單，簡直每個人都應該要懂的，可是當柴刀慢慢鈍了的時候，偏偏很少有人敢停下來把刀磨一磨。

因為只要一停下來，便會被視為偷懶。

人們不敢偷懶，不敢停下來，只好劈得更用力。

愈用力，愈勤勞，柴刀就壞得愈快，愈是劈不好柴。

劈不好柴，是刀錯了，還是劈柴的人錯了？

李隆基已劈了太多柴，刀已鈍得很，幾乎沒有辦法再劈下任何一刀。

但是他的水找到了他。

這水太柔，太美，李隆基本來不懂磨刀的，現在也懂了。

李隆基需要楊玉環。

有她在身邊，他就有了力量。

這股力量，強得連他自己也料想不到。

「東突厥汗國」諸部落影響力及東北至西北，天寶元年八月十五，西親王阿史那阿布思率部眾歸降大唐。

西邊的「吐蕃」國力強盛，對關中造成極大威脅，雙方交戰多年，互有勝敗。天寶元年十二月，大唐連破吐蕃「大嶺軍」、「漁海」、「遊弈」基地，破「莽布支」兵團，天寶二年四月，攻克吐蕃洪濟城。

東北方的「奚」和「契丹」，早年曾攻入趙州、漁陽，大肆擄掠，如今穩穩地被擋在幽州外頭，踏不進大唐半步。

邊事順利，國內也是一片繁榮，各地糧食充足，百姓無需煩惱生計，於是，愈來愈多人投入音樂、舞蹈、詩文、工藝這些以往只有富貴人家才會在意的事情。

無論是歷史上的哪個朝代，即使是最博學的人所想到最賢明的君王，都不曾讓這個國家達到如此昌盛繁榮的景象。

若沒有楊玉環，事情絕不會是如此。

若沒有楊玉環，李隆基實已無心再做任何事情，那麼，他現在就會是個荒廢政事、醉生夢死的昏君。

但是文武百官好像都看不見。

李隆基寵愛楊玉環的程度，簡直已經讓他們煩惱得晚上睡不著覺，即使邊境屢傳捷報，即使百姓笑口常開，仍然減低不了他們一分一毫的憂心。

他們還可以舉出十七八個昏君寵愛女人而亡國的例子，畢竟這樣的事情，從古到今實在太多，太多。

雖然那些昏君都不是李隆基，那些女人也都不是楊玉環，然而，在他們的心中似乎並沒有分別。

天寶四載，東突厥汗國亡，諸部落歸順，大唐再無北患。

人們的想法仍然沒有改變，而李隆基再也等不下去。

二、

八月十七日，李隆基冊太真宮女道士楊玉環為貴妃。

夜，興慶宮。

燈火如喜氣通明。

楊玉環窩在李隆基懷裡，傻傻地笑。

李隆基見過她微笑、大笑、含蓄地笑、忘我地笑、柔情似水地笑、明豔動人地笑、想忍卻忍不住而偷偷地笑、突如其來差點岔氣猛拍胸口地笑，就是沒有見過她傻傻地笑。

她這個樣子，真是可愛極了。

李隆基很清楚她為什麼會這樣，因為他也有著同樣的感覺。

——從今天開始，她就是他的妻子。

名正言順、光明正大、見面時不用再怕別人說話、任何人都無法否認的妻子。

皇帝的妻子是很多的，大唐立國之初，皇后之下有四夫人、九嬪、二十七世婦、八十一御妻，至開元時雖大大減少，仍有皇后、三夫人、六儀及其下十七人。

不過對李隆基來說，只有楊玉環才是他的妻子。

「阿環。」

「嗯？」

「幸好我們當初沒有直接留在天上。」

「陛下為何這麼說？」

「如果直接留在天上，我就看不到妳今天這麼開心的樣子。」

「阿環在陛下身邊的每一天都很開心啊！」

「不。」李隆基微笑著搖頭：「我感覺得出來，今天不一樣。」

「不一樣？」

「就好像……好像一枝艷紅的花朵，綻開的那一瞬間。」

「陛下喜歡嗎？」

李隆基輕吻楊玉環。

「當然。」

楊玉環「噗哧」一聲，笑著將他推開。

李隆基奇道：「有什麼好笑？」

「陛下喜歡的話，阿環倒有一個辦法。」

「什麼辦法？」

楊玉環彷彿要吊足李隆基胃口，凝視著他好一段時間，才慢慢地說：

「以後我們每次到人間來，都成親一次。」

「什麼？」

「阿環生生世世，都要嫁給陛下。」

李隆基大笑。

「我們既然立了誓願，受了長生，就是永不分離了。」他說：「別人的生生世世，對我們來說不就是永遠嗎？」

「是啊。」楊玉環很認真地說：「但我們每變年輕一次，就好像過了一生一世，重新開始一般。」

「妳還是妳，我還是我啊，同樣的兩個人，怎麼一直成親呢？」

「別人又不知道……是陛下說喜歡阿環今天的樣子。」

「對，對。」李隆基一手將楊玉環抱緊，另一手輕撫她的背：「好，到時候……」

他忽然沉默。

「怎麼了？」楊玉環問。

李隆基嘆了口氣：「到時候可就沒辦法讓妳這麼風光。」

——生父楊玄琰追封兵部尚書，生母李氏追封涼國夫人，叔楊玄珪為光祿卿，堂兄楊銛為殿中少監、楊錡迎娶太華公主，三個姊姊也被賞賜京師宅第。

一人得寵，全家富貴，除了皇帝，還有誰能讓她如此風光？

楊玉環搖頭。

「陛下忘了。」

「忘了？我忘了什麼？」

「到那個時候，阿環身邊就只有陛下了，風風光光，又要給誰看呢？」

李隆基怔住。

「那倒是……」

楊玉環輕笑：「而且啊，陛下已經讓阿環這樣風風光光一次了，阿環永遠都會記得陛下的恩情。」

「那沒什麼。」

「不，陛下對阿環的好，阿環永遠都會記得。」

「永遠……」李隆基的思緒隨著這兩個字，飄到了很久，很久以後。

過了半晌，他說：「阿環，我們到天上去之後，好好休息一陣子，等休息夠了再到人間來，生幾個胖娃娃，妳說好不好？」

好不好？

楊玉環輕輕吻上李隆基的唇。

三、

人一出名，就像稻子結了穗。

稻子結了穗，麻雀便會一大片一大片不停地飛來。

楊玉環受冊為貴妃的消息一傳出，人們無不攀親託熟，哪怕和楊家只有一丁半點關係的，也都特地登門拜訪，希望能得到些好處。

這些人也確實像是麻雀一般吱吱喳喳，吵得李隆基和楊玉環沒有片刻安寧。

如果楊玉環不是楊玉環，如果換作了歷史上任何一個得寵的妃子，絕不會放過這個拉拔親戚朋友、培植勢力的大好機會。

可是楊玉環毫不在乎。

她所在乎的，只有李隆基一個人。

楊家的封賞都是李隆基決定的，她並沒有插嘴半句。

別人怕陛下被她迷昏了頭，可是她知道，陛下比誰都還清醒。

李隆基讓楊家人風風光光的，但也僅只於此，他們都很清楚，楊家聲勢雖如日中天，卻沒有實權。

特權不是實權。

麻雀沒有野心，只要一點點的特權便會滿足。

然而找上門的，並不一定都是麻雀。

楊釗不是麻雀。

楊釗是楊玉環同曾祖父的堂兄，家鄉人都說他文的不行，武的也不行，品德更不怎麼樣，就是能言善辯，反應敏捷。楊玉環受冊為貴妃沒多久，他就受劍南節度使章仇兼瓊之託，帶著滿車的禮物日夜趕到了長安。

不過，楊玉環和楊釗並不熟識，她甚至不大記得自已有著這麼樣一位堂兄。

所以楊釗一開始找上的並不是楊玉環，而是她的二姊。二姊在蜀地時，就已和楊釗來往密切，見他帶著滿滿的禮物找來，哪還有不幫忙的道理？

她立刻把楊釗推薦到宮裡玩「樗蒲」。

「樗蒲」是一種類似擲骰子的遊戲，二姊推薦楊釗，自然是因為他很擅長。二姊只知道他擅長這遊戲，並不明白其中的道理。

她不明白，李隆基明白。

四、

夜，深秋。

無月，萬物蕭條。

連續三天，李隆基都拉著楊玉環在沉香亭待了整個晚上。

楊玉環喜歡沉香亭。

她喜歡在沉香亭依偎著李隆基，花開的時候賞花，花謝的時候玩月，無花無月的夜裡，她還有他。

雖然李隆基從沒有說，楊玉環也總是可以在他的眼神裡，看見他有多麼享受那亭子下只屬於兩個人的短暫時光。

可是這三天，他的眼裡沒有半點東西。

沒有花，沒有月，也沒有楊玉環。

這三天他幾乎什麼話也不說，什麼事也不做，只是對著同一個地方看上好久，站起來走幾步，然後又對著另一個地方看上好一陣子，不住搖頭。

楊玉環問他怎麼了，他只說沒事，別多心。

怎麼可能會沒事？

「陛下會冷嗎？」楊玉環鑽進李隆基懷裡。

他輕撫她的背。

「風涼了，若是會冷，就進去吧。」他說。

「不，不會，這裡很好。」

「嗯？」李隆基覺得很奇怪：「妳既不覺得冷，怎麼會這麼問呢？」

「因為陛下看起來沒什麼精神，阿環擔心……」

李隆基在楊玉環額頭上啄了一下：「沒什麼。」

楊玉環撥開他的手，脫出他的懷抱，拉起了他的雙手。

「陛下這幾天都沒有睡好，今天還是早點歇息吧？」

她的聲音既柔且軟，正彷彿要勾著他去睡了。

但李隆基無動於衷。

「……我還不想睡。」

「這樣陛下會累壞的。」

「那我們就到天上去……人間的事再也與我們無關。」

楊玉環用指尖蓋上李隆基的唇：「陛下別亂說，阿環會心疼……陛下要一直健健康康的。」

她的眼睛簡直像是水做的，那麼美，那麼美。

李隆基不自覺點了點頭。

他吻一吻楊玉環的手指，將她拉入懷中。

「好，我不說。」

「阿環知道，人間的事情絕對難不倒陛下。」

李隆基無奈地笑了：「妳倒是挺有信心。」

「這不是信心。」

「哦？」

「這是事實啊！」楊玉環抬頭：「陛下這些年來解決的事情，大概不是每一件都很容易吧？」

「哪有一件容易。」

「是啊，那就說明了陛下很有能力。」楊玉環說：「信心可解決不了問題。」

李隆基搖頭。

「人力有時而窮，每個人都會有做不到的事。」

楊玉環靜靜地凝視著李隆基。

宮裡吃得好，所以李隆基身子並不虛弱，宮裡的御醫也好，更無微不至地照料著他，所以他身上並沒有什麼病痛。

但人終究不是神仙。

歲月終究會在每個人臉上都留下無可抹滅的痕跡，就連皇帝也不例外。

不過，他臉上的痕跡與全天下的每一個人都不相同。

他臉上的每一道痕跡，都代表著成千上萬百姓安居樂業，豐衣足食。

楊玉環輕撫李隆基的臉。

「這件事情一定很重要，才會讓陛下煩惱這麼多天。」

「當然。」

「既然這麼重要，想必不能草率地下決定。」楊玉環說：「陛下何不先好好歇息，養足了精神，再仔細思量？」

李隆基輕輕嘆了口氣。

他知道自己這幾天的樣子都被楊玉環看在眼裡，不過他並不想承認，更不想和她談論這件事情。那是他的責任，不是她的。

可是他已經在無意間說出了「當然」兩個字，那也就等於承認了。

奇怪的是，一旦承認了，他忽然覺得自己有好多話想說。

「這我也知道。」他說：「但事情一天不解決，我便是在夢裡也仍然會不停地想，不停地想。」

他的語氣聽來，就好像已身在夢中。

「陛下如此重視這件事，定然會想出好辦法來。」

「哪有那麼容易。」

「如果連陛下都沒有好辦法，那天底下只怕沒有人有辦法了。」

這是真話。

真話不一定不好聽，好聽的也不一定不是真話。

但真話總令人難受，即使是好聽的真話也一樣，有時候甚至愈好聽的真話，聽了愈是令人難受。

所以李隆基聽她說完，只覺得滿嘴發苦。

「妳說對了。也許有些事情，根本就沒有人有辦法。」

「像是什麼呢？」

「人性。」

「人性？」

「江山易改，本性難移……人的本性，難道還能改變？」

「陛下難道……對自己有什麼不滿？」

「當然不是！」李隆基笑著刮了刮楊玉環的鼻子：「怎麼會說到我身上來了？」

「阿環以為陛下要效法古人『一日三省吾身』的精神呢！」

「現在才學也太晚了。」李隆基說：「這些年我做的每一件事情，都在心裡思量不下千百次！」

「也許陛下就是因為想了太多次，才會這麼苦惱。」

「我一定得想，如臨深淵，如履薄冰……」

「陛下心裡擔了太多事情，這樣太累了。」

「妳錯了。」李隆基苦笑：「若我真能將所有的事情都擔在身上，親手處理……也許反倒輕鬆。」

他深深地吸了一口氣，長長吐出。

「可惜，那是不可能的。」

他畢竟是人。

一個人畢竟只有兩隻手，如何能處理全天下所有的事情？

即使再多兩隻手，也是不夠的。

「陛下一向知人善任，怎麼這次竟然煩惱這麼多天？」

「因為……」李隆基鬆開楊玉環，緩緩踱步。

沉香亭並不大，他走了幾步，便從這一頭到了另一頭。

他用雙手倚著闌干，直直盯著前方。

「從古到今，談錢的總被看成是俗人，求利的總被看成是小人，精於算計的，更被認定是奸巧之徒。」他說得很慢，好像生怕會說錯任何一個字：「事實也是如此，正直的人不會去算計，會算計的，卻又奸巧。」

楊玉環走到李隆基身旁，輕輕依著他的手臂。

「陛下說的，是對蒼生社稷有貢獻的算計？」

「不錯！」

「那麼這樣的人，還是有的。」楊玉環說：「東漢張衡創『水運渾天儀』算天體運行，開元初一行禪師修『大衍曆』正四時節氣，他們應該都可以算是正直無私，卻又懂得算計的人？」

李隆基搖頭。

「那些事情都和錢沒有關係，一扯到錢，什麼都變了。」

「陛下心裡想的那個人，是不是又奸巧，又自私，又不正直？」楊玉環問。

「不錯。」

「陛下這麼掙扎，想必不是要給他一個閒官散職，但是若讓一個自私自利的奸巧之徒身居高位，掌控的又是錢財，只怕沒有人會心服。」

楊玉環簡直已將李隆基心裡想的都說了出來。

李隆基嘴唇微動，張開了，又立刻閉起，過了半晌，終於吐出兩個字：

「不錯！」

「那麼，陛下為何還想用他？」

李隆基猛地一拍闌干：「因為大唐現在正需要一個精於算計之人！」

楊玉環一聲輕呼，拉起他的雙手。

他的掌心已整個紅了起來。

楊玉環眉頭微蹙，朝他掌心徐徐吹了一口氣，看看仍泛紅，便再吹了幾口。

她一邊細細揉著李隆基的手，一邊問：「陛下要做的事情竟然如此重要，讓陛下寧願冒著天大的風險，仍要用他？」

「我也不知道……這樣到底值不值得。」

「陛下要他做什麼？」

「我……」李隆基忽然握緊楊玉環的手：「我要他將大唐被鎖住的財富給挖掘出來！」

五、

無月，有星，有燈。

一盞燈滅了，又被點上。

燈很近，看來卻遠在天邊，星在天涯，卻似觸手可及。

孰近孰遠，又有誰分得清？

大唐的財富，自然不會是無緣無故被鎖起來的。

鎖的存在，是為了保管。

而這道鎖，要保管的是糧食。

糧食是一切的根本。

世人所追求的任何財寶，不論是成色十足的黃金，光可照室的珍珠，或是如美人秀髮般亮麗柔順的絲綢，都絕沒有糧食重要。

因為糧食關係的，是天下。

人民能溫飽，天下便安定，人民挨餓，則天下必然動盪，是以各朝各代頭腦清醒的君王莫不想方設法，確保糧食不虞匱乏。

歷史上明君賢臣不少，想出來的辦法沒有一千也有八百，其中有效的卻沒幾個。

而且這幾個有效的方法，說穿了，其實都只是一個方法。

那便是廣設糧倉。

糧倉的制度便如一道鎖，保管著百姓日復一日的辛勞，經過千百年的改進，即使這道鎖一開始的效用有限，現今也已臻完善，該有的構造，該達成的效果，一樣也不少。

「正倉」儲藏賦稅、供應官祿，「義倉」防備荒年、救濟災民，「常平倉」平衡米價，防止穀貴傷民、穀賤傷農，三種糧倉功能不同，負責的部門也不同，相互配合起來，如今大唐可以說完全不需要擔心糧食不足的問題。

——現在要擔心的，是糧食太多了。

聽到這裡，楊玉環忽然眨了眨眼睛。

「太多了？」

「嗯。」

「陛下做事情最是腳踏實地，從來不說大話。」楊玉環說：「大唐現今的儲糧，竟然已經多到讓陛下說太多了？」

李隆基笑了，帶著些許的興奮。

「妳猜猜有多少？」

「陛下說多，那一定真的很多。」楊玉環將頭斜斜歪過一邊：「陛下即位已超過三十年，這期間大量開墾荒田、興修水利，近年又沒有什麼天災……」

她想了一下，慢慢地說：「是不是各地的糧倉都要滿了，所以陛下煩惱著要蓋新的糧倉呢？」

「前一句算對了一半，後一句卻差得遠了。」

「對了一半？」

李隆基的眼裡彷彿有道精光閃過：「不是快滿了，是已經滿了！」

他說：「現今河北道、河南道的義倉儲糧都已超過一千五百萬石，關內道、河東道、江南道也都超過了五百萬石，而整個大唐的儲糧，超過一億石！」

楊玉環聽得秀口微開，眉毛漸高，等李隆基說完後，不禁叫了出來：

「這麼多！」

李隆基仰天大笑。

「阿環，阿環，也只有妳我二人會覺得這樣子多了！」

「這……難道不是嗎？」

「是，當然是，可是知道這個數字的人，卻都覺得本該如此，甚至還覺得不夠！」

自古賢臣皆以勸諫為己任，個個爭先恐後要指出皇帝不足之處，除了便佞小人，有誰會特別誇讚皇帝的功績？

不過楊玉環不是別人，她不需要擔心那些。

她伸出食指，在李隆基胸口輕輕畫了一個圓。

「別人不知道陛下的辛苦，阿環知道。」

李隆基將雙手搭在她的肩膀上，輕輕嘆了口氣。

「他們覺得不夠，然而現今的儲糧就算哪個地方大旱兩三年也供應得起，各地糧倉不只滿了，而且還放了很久，再放下去就要壞了。」

「那多可惜，怎麼不拿出來用呢？」

「這就是我要他做的事！糧倉是為了確保百姓有東西吃而存在的，需要時由誰發放，如何發放都規劃得很好，可是，並沒有專門的官職來處理糧食太多的情況。」

以往保住百姓的性命就是最大的問題，能累積愈多糧食愈好，怎麼會有人去擔心糧食太多？

楊玉環恍然：「所以陛下才說，要他將大唐被鎖住的財富給挖掘出來。」

李隆基點頭，忽然嘆息，聲音充滿無奈：「早年我就曾下令將江淮義倉的糧食轉運至長安，後來又將江南的糧食換成布帛，確實解決了不少財政問題，不過除了主事的財務官員外，其他個個都不以為然。」

「為什麼？」

「哼，大概讀書讀到腦子壞了吧！不管暗地裡愛不愛錢，明著都要擺出一副清高的樣子，若是水利、耕地之類的政策，他們都能好好看待，但是只要一和錢財有關，他們一律不屑，一律反對！」說到最後兩句時，李隆基揮手在身旁用力橫劃了兩下。

楊玉環很慢，很慢地撫過李隆基的背。

「陛下別氣。」

「一個國家哪處不用錢？他們清高，難道就可以解決用度不足的問題！」

「那當然是不行的。」楊玉環見李隆基愈說愈是不平，趕緊問道：「如果陛下找一個像是張衡、一行禪師那樣的人來辦這件事呢？」

李隆基連連搖頭。

「他們不夠奸巧，做不來。」

「不夠奸巧？」楊玉環一怔：「陛下不是想改變……啊，阿環懂了。」

原來一切都是為了她。

楊玉環每天都在李隆基身邊，當然知道他口中那個奸巧的人就是楊釗。

沒有人比楊釗更適合辦這件事情，可是讓他去辦這件事，以往的那些人一定又會跳出來反對，而這次，所有的矛頭都會指向楊玉環一個人。

她承擔的批評已經夠多，再加上這一筆，別人又會把她說得多難聽？

如果楊釗不是她的親戚，李隆基根本不會有任何的猶豫。

偏偏楊釗是她堂兄。

原來李隆基想改變的不是楊釗的本性。

他想改變的，是那些人。

「陛下……陛下不用擔心阿環。」楊玉環貼著李隆基，輕輕地說：「陛下認為該做的事，一定就是真正重要、非做不可的事，不應該為了阿環而耽誤的。」

「妳不在意？」

「阿環只在意陛下。」

「可是我在意。」

「阿環知道，阿環都知道。」楊玉環在李隆基的嘴邊一吻：「但若因阿環而誤了天下百姓，陛下心裡一定不會好過的。」

李隆基搖頭：「那妳呢？」

「陛下好過，阿環才會好過，陛下難受，阿環怎麼還能開心得起來？」

「妳……妳就這樣……不替自己著想？」

「阿環是個女人，不像陛下那樣胸懷天下。」楊玉環深情地凝視著李隆基：「對阿環來說，能和陛下快快樂樂地過每一天，就是最大的心願了。」

六、

一般來說，升官很慢，丟官很快。

楊釗升官卻很快。

天寶七載，楊釗已是給事中兼御史中丞。

給事中和御史中丞都是五品官，平常人要踏進五品，最少也要一二十年。

楊釗只花了不到三年。

可是相對於他專判度支事，兼領監水陸運及司農、出納錢物、內中市買等十五餘項使職，五品官卻又不值一提。

糧食的儲存、錢財的出納、貨物的運輸……幾乎大唐所有和錢財有關的部門，他都踏進去了。

他實在很感激楊玉環這個不大相熟的堂妹。

雖然楊玉環的二姊也能在陛下面前講上幾句話，雖然楊釗和二姊比較熟，可是楊家的一切，歸結起來都是靠楊玉環一個人。

他是這麼認為的。

其他人也是。

每個想從楊釗身上撈到好處的人都知道，得罪楊釗就是得罪貴妃，得罪貴妃就是得罪陛下，討楊釗歡心就是討貴妃歡心，討貴妃歡心就是討陛下歡心。

要把全國各地的陳年糧食賣掉，得經過多少利益紛爭？將賣得的錢拿去購買布帛，再將各地的布帛運往中央，又得經過多少權力糾葛、明爭暗鬥？

不夠奸詐做不了這事，權力不夠大做不了這事，不會算計更是做不了這事。

楊釗不但做到了，而且只花了短短幾個月。

這幾個月內，他所管轄的大大小小官員無不盡心盡力，唯恐動作太慢，讓別人搶了功勞去。

只要與楊釗交好，榮華富貴還不就如同板上釘釘？

一個奸巧、自私，又不正直的人竟能讓人為國盡心，這實在是件很奇怪的事。

不過怪事總是會發生的。

天寶八載，二月十三。

李隆基率文武百官參觀左藏。

天下錢帛，皆入左藏。

幾個月的時間，楊釗不但把左藏庫裝滿，還加蓋了好幾百間倉庫。

這麼多的布帛，別說文武百官沒有見過，就是李隆基也從沒想過大唐竟然富裕到這種程度。以往的大唐，簡直窮得要死！

李隆基忽然覺得很踏實，彷彿長久以來籠罩在他心裡的陰影從來就不存在過。

這些布帛不是因嚴苛的稅賦而來，而是由過剩的糧食換來的。

他想起開元二年，他還年輕的時候。

那時人民還很窮困，社會風氣卻相當奢華。李隆基下令將宮裡的車輛金銀都鎔了，供給軍事及國家之用，又將珠玉錦繡都燒了，並規定宮裡后妃以下的婦女不得配戴珠玉、穿著錦繡。

那時候不得不這樣。

他一直懷疑，到底是財富有限，所有人都得克勤克儉才夠用，還是說財富能夠創造出來，讓所有人都過好日子？

現在，答案就在眼前。

天寶八載，六月。

李隆基下令隴右節度使哥舒翰率隴右、河西軍及突厥阿史那阿布思軍，另派朔方、河東軍增援，總數六萬三千人進攻石堡城。

石堡城位處大唐與吐蕃邊界交通要道，三面絕壁，地勢險惡，吐蕃依憑山勢築城，以之為基地侵擾大唐，大唐數度攻佔，又數度被奪。自開元二十九年為吐蕃所陷後，大唐雖在其他地方接連得勝，卻遲遲未能奪回石堡城。

以往未能奪回，是因為中央的財政不足以應付軍隊龐大的開銷。

可是楊釗解決了這個問題。

閏六月三日，大唐於石堡城設神武軍，石堡城再次為大唐所有。

第六章　塵土

一、

姮娥跟在后羿後頭，進了太白山境。

他們已經走了很久，走了很遠，儘管受過長生的身體比一般人好上許多，走這麼長的路，腿還是會痠，腳還是會破。

但姮娥只是默默地走著。

她早已學會不在意身體的痛苦，在天上，身體的痛苦立刻就會消失，在人間最多不過一死，醒來之後就會像什麼事都沒發生過。

其它的事，就無情得多。

上次到人間，也是這樣一個夜晚，淡淡的月光也是這樣沾在他們身上。

那時候，姮娥很快樂。

她已經想了很久，要找個平安和樂的地方，也許是個小村子，也許是在城裡，都沒有關係。他們要生三五個孩子，最少要兩個兒子、兩個女兒，一家人在一起會很熱鬧。

可是后羿一直沒有答應。

他說人間太紛亂，他說人間動盪不安。

他說的沒有錯。

過慣了天上的生活，人間哪有安樂的地方？他們在天上過著安適的生活，怎麼捨得讓孩子在人間受苦？

所以姮娥一直等，一直等。

等到嬴政統一天下，等到劉邦建立漢朝，等到漢武盛世，等到光武中興。

等到赤壁戰後，天下三分，曹丕及劉備相繼稱帝，后羿終於鬆口。

他甚至比姮娥還熱切：

「漢有諸葛亮，定成人間樂土！」

姮娥不知道諸葛亮是否有如此才能，只知道她已很久沒有看到后羿精神抖擻，彷彿連眼睛都會發亮的樣子。

那一天，他們到了人間。

過不到一年，他們的孩子就出生了。

再過一年，劉備逝世。

「劉備死了，天下情勢危急。」后羿對姮娥說：「我欲助諸葛亮伐魏，一統天下，如此，我們的孩子才不用再擔心戰亂。」

姮娥不懂。

「在這蜀地，還會有戰亂嗎？」

后羿說：「蜀地在諸葛亮治理下雖安穩，卻不可能長久，只有滅了曹丕和孫權，我們的孩子才能永遠過上好日子。」

他說的實在很有道理。

后羿一直都很有道理。

孩子懂事後，日日夜夜盼著父親回來。

姮娥總是告訴他：「寶寶乖，爹爹為了讓我們過著平安的日子，幫諸葛丞相打壞人去了。」

說久了，她也就漸漸地忘了原先想要幾個孩子，漸漸地不再想起什麼叫熱鬧。

直到有一天，回家的不是后羿，而是個眼睛很大，聲音也很大的壯漢。

「后將軍命在旦夕！」他說。

孩子一聽，張大了嘴，哭聲震天價響。

他出生以來哭的次數，也許比和父親講的話還多。

姮娥當然知道生命對后羿來說並不成威脅，但她彷彿可以看見后羿正受著極其巨大的折磨，可以聽見后羿在昏迷不醒的時候還掙扎著，念著她的名字。

他一定很需要她。

還有什麼能比心愛的男人更讓一個女人變得堅強？

姮娥立刻收拾好一切，帶著孩子，跟著這個大眼睛的壯漢走。

這一走，卻走入了一個精心設計的圈套。

一個針對后羿，也只對后羿這種人有效的圈套。

設計這個圈套的人，無疑很了解后羿。

等后羿趕到時，他再也聽不見孩子的哭聲了。

還會流淚的，只有姮娥一個人。

姮娥覺得自己好傻。

她為什麼不多相信后羿一點？憑著后羿的武藝，天底下根本沒有人能動他一根毫髮，憑著長生殿的法術，他根本就不會有事。

一切都是她的錯，她把每一件事情都給搞砸了，如果后羿打她、罵她，她會心甘情願地承受。她甚至希望后羿能狠狠地打她，打得愈狠，她才愈能感受到自己做了什麼，才能讓后羿知道，她有多對不起他。

可是后羿沒有。

他連一句話也沒有說，沉著臉，馬不停蹄帶她趕回五丈原。

然後得知諸葛亮的死訊。

如果不是她被騙，他們的孩子就不會死。

如果不是她被騙，后羿就不會離開五丈原，諸葛亮就不會死。

是她害得諸葛亮北伐失敗，害得他們的夢都破碎。

后羿對她實在已經很好，從來沒有打過她，即使他講話變得刻薄，即使他漸漸地不再理睬她，姮娥知道，那都是因為他心裡難受。

即使五百年前，后羿說他再也不想見到她，她也能理解。

她知道，那本就是她的錯。

山路並不好走，后羿卻愈走愈快。

姮娥始終和后羿隔著一段距離，近得讓她能把后羿看清楚，又遠得讓她不會害怕。

她已經五百年沒有好好地看著后羿。

她好想走上前投入后羿的懷抱，告訴他，自己有多想他。

后羿會不會轉過頭來，會不會像以前一樣輕輕地叫著她的名字，會不會摸摸她的頭髮，告訴她一切都會過去？

五百年過得好快，在她的愧疚還來不及減輕一絲一毫的時候，就已悄悄溜走。

走在他後面的這五個時辰，卻過得好慢。

后羿忽然停下。

姮娥也停下。

她等著他開口，卻又希望他不要開口。

只是，后羿依舊沒有讓她選擇。

「在這裡等我。」

姮娥怔住：「為什麼？」

后羿冷冷地說：「因為妳會讓我分心。」

姮娥又怔住。

「對不起……」

「不要再說了。」

「你多久會回來？」

「他們若是不交出金釵，那便一箭一個，用不了多久。」

「你……你真的如此恨他們嗎？」

他恨嗎？

后羿的目光閃爍，盯著姮娥瞧了好一段時間。

然後「哼」一聲，轉頭，離開。

姮娥低頭。

「我會等你回來。」

「等我回來？」后羿猛然轉身，連腰畔的弓弦也跟著顫動。

他厲聲說：「妳最好是乖乖地待在這裡，別再有個不三不四的人來說了幾句話，妳就跟他走了！」

「……我擔心你。」

「我不用妳擔心！妳只要聽明一點，別再把事情搞砸就好！」

姮娥咬緊嘴唇。

后羿的腳步聲漸漸遠去，一步，兩步，每一步都像是她的心跳一樣，在她腦袋裡嗡嗡作響。

腳步聲中，后羿說：

「好好待著！」

一樣的月夜，一樣的晚風，一樣的人。

為什麼其中發生的事情，卻可以天差地遠？

「我知道是我對不起你，你說不想再見到我，那就讓我走吧。」姮娥看著后羿消失在黑暗裡，嘶喊：「天下之大，我們永遠永遠都不會再見面了，讓我走吧，我對不起你！」

「嗖」一聲。

姮娥的耳邊忽然一涼。

「卜」一聲。

倦鳥驚飛。

姮娥伸手往頭上摸去，只見掌心裡極細如絲的幾縷烏黑，帶著些許亮光。

——她的頭髮！

黑暗中傳來一個明明是她最熟悉，卻從來沒有聽過的聲音。

「要走要留，輪不到妳做主！再多說一個字，我不介意讓妳睡上三天！」

樹影浮動，聲音很快地也消失在黑暗中。

在姮娥想到「睡上三天」是什麼意思之前，她就已經知道了。

但是她不敢讓自己想到。

她怔怔地回過頭，一步一步，走向那永遠都不應該朝她而來的東西，每一步都那麼地輕，那麼地柔，彷彿只要一陣風過來她便會被吹開，再也到不了想去的地方。

她走得很慢。

剛才發生的事是不是真的？

飛過去的那東西，是不是……

箭桿筆直釘在樹幹上，箭羽兀自顫抖。

——后羿的箭！

姮娥的雙膝重重撞上地面。

奇怪的是，她現在想到的全是后羿的好。

第一次遇見他時，他從一隻大老虎爪下救了她。

那一天，他們一起看著夕陽西下，圓月東昇。

她說她喜歡夕陽，因為看見了夕陽，代表月亮就要來了。

他說，那妳喜歡的應該是月亮吧？

她說不，看見了月亮，一天就要結束了。

他笑著說，那好，以後我要帶妳看遍天下的夕陽。

姮娥伸出手，想要摸摸那箭尾巴上純白色的羽毛，可是無論她再怎麼伸直了手臂，仍然搆不著。

她試了又試，直到手臂再也舉不起來。

她慢慢低下頭，任由身子向一旁倒下，臉頰貼著溼涼的草葉，緩緩蜷起身子，抱住自己的雙腳，將頭埋在兩膝之中，吸著泥土的味道。

她親手把射日弓掛上后羿肩膀那天，他說，他的箭再厲害，也不及她一溜煙就鑽進他心裡，從此不再出來。

她羞紅了臉，頭低得不能再低，可是眼睛又不自禁往他身上飄去。

他說，那是他見過最好看的夕陽。

姮娥緊緊抱住雙腳，這已是她現在唯一能抓在手裡的東西。

他曾對她說，天上人間，永不分離。

他說過，她也說過。

姮娥笑了。

她用力咬牙，咬得牙根發疼，可是嘴角仍然帶著微笑。

她用力閉眼，淚水從眼皮底下迸出，可是眼角仍然向上輕揚。

淚朦朧，眼朦朧，淚眼見星月，星月也朦朧。

姮娥不想見到星月。

一天又要結束，她想睡了。

在人間，她有三天可以睡，不會做惡夢的三天，不會哭喊著后羿的名字醒過來的三天，不會心痛的三天，不會心碎的三天。

她好累，的確應該休息一下了。

等她睡醒，等她有了足夠的力氣，等后羿回來，她就要很平靜，很溫柔地告訴他，沒有了她，他一定會過得比較好。

她知道，后羿本是個有志氣的好男兒，不只想要讓孩子過得安穩，也懷念著曾經叱吒風雲的日子，也想再建立一番功業。

那本就是男人該做的事。

可是她親手毀了他的夢，她的夢，他們的夢。

她知道，后羿一定會懂的。

等他想通了，就不會再執意要她留下，就可以在人間到處去實現他的理想，他的抱負。

她不應該再耽誤他了。

只要再躺一下，只要再躺一下，然後她就要站起來，擁抱著后羿的箭入睡。箭鋒很利，她很快就會睡著。

天上人間，永不分離，天上人間，永不分離。

為什麼當初許諾的一切都變了？

如果一切重來，事情會不會變得不一樣？

如果早知道會這樣，她還會不會發下這個誓願？

二、

月已沉。

天地無聲，只有二娘的一聲嘆息在小屋前響起。

「怎麼嘆氣呢？」

「他們實在應該留在天上的。」

「為什麼？」李三郎很驚訝：「楊玉環成了貴妃，玄宗也讓大唐變得更強盛、更富裕，不是很好嗎？」

「的確很好，只不過楊玉環太可憐了。」

李三郎更驚訝。

楊玉環要出家入道的時候，二娘沒說可憐，要跪上三天三夜的時候，二娘也沒說可憐，怎麼當上了貴妃反倒太可憐了？

「為什麼這麼說？」

「因為玄宗幾乎把所有的心思都放在了天下百姓。」

「那有什麼不對？」李三郎愈來愈奇怪：「他是皇帝，心繫天下不是應該的嗎？」

「是應該的，所以楊玉環才可憐。」二娘說：「玄宗心繫天下，楊玉環心繫玄宗，那誰在乎楊玉環呢？」

李三郎猛地站了起來。

「我……他在乎啊！否則他怎麼會猶豫那麼久，不直接用楊釗？」

「你別誤會，我不是說玄宗不好。」二娘趕緊說：「如果他不是這麼地用心，一定沒有辦法把國家治理得如此繁榮，楊玉環一定也是愛上這樣的玄宗，才會心甘情願地陪著他、支持他。」

李三郎深深吸了口氣：「妳……妳覺得玄宗不在乎楊玉環？」

「也不是不在乎，只是……」

「什麼？」

「就像玄宗說的，人力有時而窮。他放在百姓身上的心思多了，放在楊玉環身上的心思自然就少了……他似乎並不了解楊玉環要的是什麼。」

「她要玄宗做自己認為該做的事。」

「不。」二娘搖頭：「她說想和玄宗快快樂樂地過每一天。」

李三郎搖搖晃晃向前走了幾步，猛然回頭，面對二娘。

四下昏暗，二娘的臉在陰影中模模糊糊，但是他完全可以在心中想像出她臉上的樣子。

特別是睫毛。

他忽然想起了她的睫毛。

很久很久以前的一個夜晚，他數過她的睫毛。

那一天他們本來要睡了，卻不知道是誰說了要比一比睫毛的數量。

這種事不但沒有任何意義，甚至可以說無聊透頂，全天下除了無憂無慮的小孩子之外，就只有沉浸在愛情裡頭的男男女女會做出這種事情來。

那時候，他們正沉浸在愛情之中。

他還記得第一天是他先數，他數到了二十二，恰好是她那年的歲數。

然後他就不記得了。

第二天醒來他很懊惱，於是她說，不如改個方式，只要她能數完他的睫毛，就算她勝了，如果她也數到睡著，就算平手。

他說好。

那天晚上，他聽著她數，她的聲音雖然好聽，數起數來卻像哄娃娃睡覺，所以他很快地又睡著了。

隔天起來，她說他左邊的睫毛有兩百三十七根，右邊有兩百二十二根。

他只好認輸。

多年過去，他沒有再動起念頭要數完她的睫毛。

多年來，他也沒有再想起過這件事，這是很平常的事，平常得好像根本不值一提。

那一天她數著睫毛的時候，臉上是什麼表情？

——滿足。

他記得，她很滿足。

原來她在他身邊也曾像現在這麼快樂。

這四十年裡，他每一天的每一時每一刻都不斷回想他們之間的每一件事，為什麼竟然漏了這件？

人是不是總會在該想起的時候，想不起該想起的事，卻在不該想起的時候，想起不該想起的事？

李三郎在二娘面前緩緩坐下，聲音有如夢囈：

「對，妳說的對，她早就說過……可是每個人說的，都是紅顏禍水、美色誤國。」

他忽然拉起二娘的手。

他的掌心溼潤，雙手不住顫抖：「他絕不是個昏君，絕不能讓人說楊玉環是禍水，他必須要證明，必須證明……」

二娘柔聲說：「他已經證明了。」

李三郎困惑。

「楊玉環的曲子不就說明了一切？」二娘問他：「那首曲子的內容是不是真的？」

「是。」

「如果那樣都叫作昏君，那麼古往今來，哪個皇帝不是昏君？」二娘嘆息：「如果開元的二十幾年盛世只因為玄宗寵愛楊玉環就被抹煞，無論他多做什麼，也都是沒有用的。」

天將亮，未亮。

這正是一天之中最安靜、最黑暗、最冷的時候。

這種安靜維持不了多久，就會被一聲接著一聲的雞啼打破，這種黑暗也會在太陽出來之後，就如煙雲一般消散。

但是秋天那種雖然不算很冷，卻能隨著露水鑽入骨髓的涼意，就不一定了。有時候這種涼意根本不會消失，有時候這種涼意會躲起來，等到人們掉以輕心時再悄悄溜出，乘虛而入。

現在，李三郎就好像已被這種涼意侵入骨髓。

「如果是這樣，為什麼楊玉環那時候不說？」他顫抖著問：「為什麼她不告訴玄宗，要他留在天上？」

「因為那是玄宗的理想。」二娘說：「就因為玄宗是那樣一個有理想的男人，楊玉環才會深深愛上他。」

「難道沒有那些理想，楊玉環就不愛他，就會離他而去？」

「不是的，問題在於玄宗的選擇。」

「玄宗的選擇？不是楊玉環的？」

「是玄宗的。」二娘說：「有些人沒有理想根本就活不下去，如果玄宗選擇留在天上，就像猛虎放棄了爪子，老鷹放棄了翅膀，一定會後悔。」

她說：「楊玉環絕不想要他後悔。」

「她寧可自己痛苦？」

「她心甘情願。」

李三郎抱住雙腳，將臉埋進雙臂之間：「這些玄宗都不知道。」

「楊玉環寧可玄宗不知道。」

李三郎抬頭，一臉茫然。

「為什麼？」

「知道了又能怎麼樣呢？玄宗是個好皇帝，他想讓大唐再富裕三十年也是件好事，於私，楊玉環不想讓玄宗動搖，於公，她也不能一個人佔有玄宗。」二娘問李三郎：「如果因為她的關係讓天下少了一個好皇帝，那楊玉環豈不就和妹喜、褒姒一樣，真成了禍水嗎？」

「難道她真的都不為自己打算？」

「怎麼樣叫做為自己打算？」

「也許……她可以要玄宗在她身邊的時候不要想其它事，專心想著她。」李三郎說：「如果玄宗知道了她的想法，一定也會心疼她。」

「那還是一樣。」二娘搖頭：「任何會讓玄宗分心的事情，楊玉環都不會做的。」

她忽然笑了：「還好他們受了長生，之後還是有很多只屬於他們倆的日子。」

三、

箭桿似動非動，箭羽若浮若沉。

姮娥彷彿聽見有人大聲叫著她的名字，然後有人抓住了她的肩膀。

這個人用力地搖晃著她。

「姮娥！姮娥！」

她的聲音很清脆，很好聽，似乎很著急，很關心姮娥。

但是她手裡捏得姮娥肩膀發疼。

是誰？

姮娥又聽見一個男子的聲音。

「該死！那傢伙做了什麼！」

他為什麼這麼憤怒？

姮娥睜開眼，看見了他們。

「織女……牛郎？」姮娥用手撐地，緩緩坐起：「你們怎麼會在這裡？」

「妳終於醒了！」織女說：「我們怕后羿亂來……妳有沒有怎麼樣？」

牛郎一把抓下釘在樹幹上的箭：「難道他向妳出手了！」

織女摸摸姮娥的肩膀，揉揉她的手臂，理理她的頭髮，然後從懷中拿出一條帕子，輕輕抹去姮娥臉上的泥土。

帕子是白的，泥土是黃的，帕子抹上姮娥的臉，立刻變得像泥土一樣地黃，而姮娥的臉，卻變得像帕子一樣地白。

姮娥不說話。

「這傢伙！」牛郎抓住箭的兩端，高高舉起，猛然向下，同時右腳往上一抬。

姮娥大叫一聲：「不要！」

她半跪半爬，掙扎著起身，只在牛郎被她喊得一怔的那一瞬間，便把箭奪了去。

織女幽幽地嘆了口氣。

「那傢伙究竟有什麼好，妳到現在還要迴護他？」

「這是他的……」

「妳就這麼任由他欺負妳嗎？」

姮娥猛力搖頭：「他沒有欺負我。」

「他沒有欺負妳！」織女再同情她，此刻也快要忍不住：「那這箭是怎麼回事！難道它自己長了腳爬到樹上去，又自己一頭撞進了樹幹裡？」

「是……是他……」

「怎麼樣？」

「……他不想要我走。」

「妳說的還真好聽！」織女大聲說：「他不想要妳走，就可以拿箭射……這樣對妳嗎！他不想要妳走，當初怎麼……」

「等等。」牛郎問姮娥：「妳說他不想讓妳走？」

姮娥點頭。

牛郎又問：「妳的意思是，妳想要走？」

姮娥遲疑了一下，點頭。

「五百年前是他要妳走的，那時候妳還不想離開他。」

「我……」

「現在妳想走了，他為什麼不讓妳走呢？」

「也許他……心裡是不希望我離開的。」

「妳怎麼這麼傻！」織女說：「當初不就是他要妳走嗎？」

「可那是在天上，他隨時都能找到我。」姮娥說：「現在在人間，如果我走了，那就……真的永遠永遠都不會再見面了。」

「這五百年來，你們在天上不也沒有見過面？」

姮娥沉默了半晌，說：「是我對不起他。」

「妳哪裡對不起他了！」織女急得跺腳：「他根本在利用妳，妳從頭到尾都被他騙得團團轉！」

「他不會騙我。」

「他就是騙妳！」

「不，如果他騙我，當初我們也進不了長生殿……」

「他變了。」

「不會的，我知道他……」

「妳什麼也不知道！」

「好了，我們沒有多少時間。」牛郎說：「姮娥，我們現在只問妳，妳是不是真的決定要離開他？」

姮娥低下頭，看著手中的箭。

她真的想離開后羿嗎？

她不想離開嗎？

牛郎嘆氣：「五百年還不足以讓妳下定決心？」

「五百年？」姮娥似笑非笑：「我和后羿一起過了好多個五百年，久到我都記不起到底是多久了……五百年……五百年又算什麼呢？」

「妳還是趁后羿不在，快走吧，找個地方好好生活。」織女說：「我們回到天上之後，就可以看見妳在哪裡了，那時候，我們再去找妳。」

「我不能就這麼走了，我得好好地跟他說，讓他知道……知道……」

「知道什麼啊！他已經朝妳射了一箭，妳真以為他會讓妳走嗎？」

「他不應該被我拖累，等他想清楚，就會讓我走了。」

牛郎搖頭。

「走或不走都只在妳一念之間，我們也不能多說什麼。」他說：「我們……我們得趕快去阻止后羿。妳再想想吧，這段時間很可能是妳唯一的機會，等后羿回來，要殺我們易如反掌，那時妳再想走，也沒有辦法了。」

姮娥一怔：「殺你們？不，他不會……」

「妳以為他怎麼突然要下到人間呢？」

「因為……」

姮娥沒有說完。

但是他們都知道答案。

「他怎麼對妳，妳接不接受，都是你們之間的事。」牛郎的語氣忽然變得很冷，很冷：「但妳不覺得他這次太過分了嗎？這難道是妳心目中的后羿？難道是妳認識的那個男人？」

姮娥緊緊握著后羿的箭，雙手隱隱顫抖，連一點血色也無。

箭微微地彎了。

「你們……你們去吧，我永遠都感激你們。」

四、

白，雪白。

后羿全身都是白色的。

就連他腰間掛著的一張弓都純白無暇，只有弓弦黑得像是一個多情而溫柔的少女，用她的長髮一根一根細細地編成。

他走過山林，沒有染上任何野花野草的汁液，沉而有力的步伐揚起陣陣塵土，卻沒有半點沾到他身上。

他已看見了小屋，看見了李三郎和二娘。

他也聽見了他們說的話。

「再聽我說最後一個故事，好嗎？」

「當然好。」

「我想聽妳說……妳是怎麼想的。」

第七章　白綾

一、

信心是一件很玄的事情，一個人如果成功一次，就會對自己有信心，成功十次，就會對自己有著無比的信心。

如果成功一百次呢？

隨著經驗愈來愈豐富，這個人會知道什麼事該做，什麼事不該做，他的思慮會愈來愈周全，計畫會愈來愈縝密。

可是，他的行動會愈來愈少。

因為他能做的事情愈來愈少。

做到和以前一樣的事情，對他來說就是失敗，他要成功，就得做得更好。

人終究有極限，這個人總有一天會到達頂點，總有一天會發現他的目標已經遠遠超出他的能力，會發現在每一個目標之後等著他的，都是失敗。

於是，他就會變得連一點信心都沒有了。

不過一個成功了一百次的人，絕對不會承認自己沒有信心。

他會欺騙自己，把害怕失敗而無所作為當成深思熟慮，他也會欺騙別人，假裝一切都在他的掌控之中。

欺騙久了，連他自己也會開始相信那是真的。

當一個人分不清什麼是謊言，什麼是現實的時候，他就會犯錯。

這種錯誤，往往是最嚴重的錯誤。

二、

消息傳來的那一天，是天寶十四載十一月十日。

安祿山於范陽打著「清君側」、「討伐楊國忠」的旗號起兵造反。

李隆基根本不相信。

開元二十四年，安祿山討伐奚部落時輕敵躁進，大敗而回。

這原本是死罪，但李隆基愛惜他是名勇將，免他一死。

安祿山也沒負了李隆基的眼光，此後屢建戰功，一路高升，終至平盧、范陽及河東三鎮節度使。

如果沒有他，李隆基還真不知道鎮守東北的重擔還能交給誰。

楊國忠就是楊釗。

他憑著算計的才能，不斷地替大唐謀取更多財富，得李隆基賜名國忠，同樣一路高升，最後當上了宰相。

一個像他那樣奸巧、自私又不正直的人掌握了權力，當然少不了貪汙營私、打擊異己。

他甚至公然宣稱：「我出身貧寒，是靠著貴妃的關係才達到今天這個地位，反正不管怎樣都不會得到好名聲，不如盡情享樂。」

李隆基並不是不知道楊國忠的行為，但若沒了他，還有誰能將大唐的財富給挖出來？

所以李隆基默許一切。

楊國忠替大唐賺了那麼多錢，貪一點點也沒有什麼關係。

兩個掌握權力的人，自然容不下對方。

楊國忠看安祿山不順眼，安祿山瞧楊國忠不對頭，早已是滿朝皆知的祕密。

幾年來，楊國忠不只一次說安祿山要造反，不過李隆基都不接受。

因為安祿山沒有造反的理由。

論權力，東北所有的事都是安祿山一個人說了算。

論身分，安祿山不但受封東平郡王，還讓楊玉環收作了義子。

論錢財，李隆基賞給安祿山的金銀珠寶幾乎沒有極限，宅子壯麗更不在皇宮之下。

他為什麼要冒著天大的風險造反？

所以十一月十日這一天，李隆基仍然以為安祿山造反的消息和以往每一次一樣，不過是楊國忠造的謠而已。

三、

十一月十五日，李隆基終於領悟到事情不對了。

消息一道接一道傳來，城池一座又一座陷落，再這樣下去，安祿山不用多久就會打到東都洛陽。

這不可能是謠言，沒有人膽敢造出這樣的謠言。

李隆基立刻召集文武百官商討對策。

滿朝文武都低著頭，每個人都在等別人說出第一個字。

他們既不敢說話，也實在不知道要說什麼話。

天下太平已久，國內已幾十年不見兵戎，除非是邊境的將領，才真正知道打仗是怎麼一回事。

如果錯估了情勢，貽誤了軍機，殺頭事小，那千古的罪人卻是誰都當不起。

眾人之中，只有楊國忠因為預言終於成真而相當得意。

「造反的不過是安祿山一個人而已，將士都不會聽從他。」他說：「最多不過十天，一定會有人提著他的人頭來獻給陛下！」

沒有人敢同意，也沒有人敢反對。

十一月十六日，安西節度使封常清入朝，同樣非常樂觀。

「百姓已習慣太平的日子，所以聽見了造反的風聲，個個都害怕。」他說：「只要讓臣到洛陽去，打開府庫，招募勇士，渡過黃河，要不了幾天，便可以將逆賊的頭顱獻上！」

楊國忠沒打過仗，講的話沒有人相信，但封常清久在邊疆，戰功彪炳，正是討伐安祿山的不二人選，他講的話可就沒有人不相信了。

滿朝文武登時都放下心來。

隔天，李隆基任命封常清為范陽、平盧節度使，立刻前往洛陽招兵買馬、加強防禦。

但是情勢遠不如封常清預料的那麼好。

封常清原先在安西戰區統領猛虎般的將士，面對豺狼般的敵人，論能征善戰，絕不下於安祿山。

只不過，他沒想到國內太平已久，在洛陽不只招募不到多少軍隊，就連招募到的，也不是什麼身強體壯的勇士。

以老弱殘兵對上安祿山的精兵，結果只有一個。

——他在洛陽東方武牢關大敗，退至葵園再敗，在洛陽東門又大敗。

十二月十二日，安祿山攻進洛陽，封常清於城內連戰連敗，連敗連戰，最後無可奈何，破壞了西邊的城牆，向西退至陝郡，與東征副元帥高仙芝會合。

封常清告訴高仙芝：「我血戰多日，發現賊兵銳不可當，陝郡必然守不住。潼關易守難攻，現在卻沒有軍隊，若是賊兵入關，長安也就保不住了。當今之計，應退兵據守潼關才是！」

高仙芝同意。

封、高的軍隊才撤退至潼關，安祿山部隊已至，見潼關嚴陣以待，當即後退。

這是安祿山造反一個多月來，第一次被擋下。

李隆基完全無法接受這種事情。

富饒繁華反倒養大了安祿山的野心，穩定邊疆反倒壯大了安祿山的實力，天下太平反倒讓百姓聞風而逃。

李隆基所相信的一切，好像忽然都不對了。

那種感覺，就像是在寒冷的冬夜裡蓋著厚棉被安安穩穩睡到了半夜，卻忽然夢見自己正走在大漠之中，烈日之下，汗水就像一甕滋補養身的烏雞湯上的熱氣一樣蒸騰。

就在這個時候，東征軍監軍邊令誠奏報，封常清誇大安祿山的實力來掩飾自己的敗戰、動搖軍心，高仙芝未戰先退、盜賣軍糧。

李隆基不知道真相究竟如何，也不想知道。他只知道同樣的錯誤，他不想再犯第二次。他絕不能讓將領再一次背叛他。他立刻下令斬了封、高二人。

臨陣換將已是大忌，何況自斬大將？

封、高一死，大唐將領只剩下因風疾而於長安休養的哥舒翰。幸好封常清當初的判斷相當正確，哥舒翰臨危受命，雖然行動不便，卻還是將潼關守住了。

這一守住，各地的軍隊就緩過了氣。

朔方節度使郭子儀、河東節度使李光弼在幾個月的退敗之後，開始收復失土，各郡人民也群起反抗。一時之間，安祿山反被困在洛陽，進退不得。

天寶十五載六月，李隆基又接到了一個消息：安祿山只有四千老弱駐守在陝郡，而且沒有什麼防備，正是反攻的大好時機。

李隆基大喜，隨即下令哥舒翰出兵收復陝郡。

想不到哥舒翰卻不答應。

哥舒翰上奏：「安祿山深得用兵之道，絕不可能沒有防備，這一定是他引誘我們的計謀，若是出兵，便中了他的圈套！安祿山自東北遠來，不能久戰，軍隊又殘暴不仁，不得人心，我們只要堅守潼關，便可不戰而勝！」

這話很有道理，李隆基本來也知道哥舒翰的話確實很有道理。

但是楊國忠說：「賊兵沒有戒備，哥舒翰卻推拖不願進攻，白白錯失良機，必然別有用心！」

別有用心，正是李隆基最不想看見的事情。

於是他接連派遣宦官催促哥舒翰出擊，前一個宦官才出發，另一個就跟上，後面的人甚至可以遠遠望見前面一個的背影。

哥舒翰無可奈何，只得東出潼關。

六月八日，兩軍交戰，唐軍遇伏，二十萬大軍只有八千人活下來。

六月九日，叛軍攻克潼關。

四、

有些錯誤可以補救，有些不能。

有些錯誤就像春風吹皺池水，轉眼即逝，有些就像黃河氾濫，一發不可收拾。

李隆基接連的錯誤卻比黃河氾濫更加嚴重。

潼關失守，安祿山指日便到長安，其間再無險，也無兵無將可守。

不論其它地方的情勢再怎麼對唐軍有利，長安都已完全落入安祿山的掌握之中。

天寶十五載六月十三日，李隆基離開長安，向西而逃。

他從來沒有想過有一天打進長安的，不是他最擔心的吐蕃，也不是無法生存而群起反抗的人民，而是他自以為慧眼識英雄而加以重用的三鎮節度使。

這是多大的諷刺？

六月十四日，李隆基抵達馬嵬驛。

倉皇逃難中，便是皇子皇孫也吃不飽，公主王妃也沒有地方能安睡，更不用說是片刻不能放鬆警戒的眾多禁軍將士們。

他們又餓，又累，又憤怒。

李隆基的每一個錯誤，他們都看在眼裡。

李隆基沒有任何心力去面對他的錯誤，他們卻沒有任何心力再繼續容忍他的錯誤。

他們決定親手解決。

他們要解決的那個錯誤，叫作楊國忠。

幾年來貪汙亂政的是楊國忠，安祿山宣稱要殺的是楊國忠，輕敵大意的是楊國忠，慫恿李隆基下令出擊的是楊國忠，力勸李隆基逃離長安的是楊國忠。

所以他們要殺的，也是楊國忠。

驛站外，殺聲震天。

楊國忠死得很快。

他是被亂刀砍死的，死的時候甚至沒有一兵一卒願意聽從他的命令。

不要說李隆基事前不知道，就是知道了，也改變不了任何事情。

他只能趕緊出門安撫將士。

他很清楚，這件事情要是一個處理不好，大唐不用等安祿山打過來，就會先滅亡在這個地方。

奇怪的是，將士們遲遲不肯散去，一個個瞪大了眼睛，彷彿還在渴望著什麼。

李隆基帶著疑問，望向護衛在他身旁的龍武大將軍陳玄禮。

陳玄禮的回答沒有絲毫猶豫：

「楊國忠已死，貴妃不能再留在陛下身邊！」

四周所有的聲音忽然都從李隆基耳裡消失了。

天地之間一片寂靜。

死寂。

李隆基甚至不能確定陳玄禮剛才有沒有說話。

「眾怒難犯，安危只在頃刻之間，請陛下速速決定！」

李隆基完全聽清楚了。

但是他不明白。

他知道楊國忠在別人眼裡是什麼樣子，將士們要殺楊國忠，他能理解。

可是，阿環？

為什麼？

「貴妃一直住在宮裡，楊國忠做的事情和她都沒有關係……她沒有做錯什麼，為何要殺她？」

「貴妃沒有錯。」高力士說：「但是楊國忠已死，貴妃仍在陛下左右，眾將士不能心安。」

李隆基直直看著高力士，怎麼也沒想到這句話居然會從當初帶著楊玉環來見他的高力士口中說出。

高力士好像能看出李隆基的心思，沒有避開他的眼神，一個字一個字地說：「將士們安全，陛下才能安全。」

他的意思已經很明白。

——楊玉環是楊國忠的堂妹。

——楊玉環是貴妃。

李隆基終於懂了。

楊玉環已沒有辦法活著離開馬嵬驛。

五、

驛站佛堂裡，李隆基和楊玉環緊緊相擁。

李隆基沒有告訴楊玉環，但是她已完全聽見了事情的經過。

他們都沒有流淚。

楊玉環的手中有條白綾，就是這條白綾將繞過橫樑，打上結，然後……

李隆基不敢再想。

「阿環……阿環……」

那白綾好像已經纏上李隆基的咽喉，勒得他無法呼吸。

楊玉環吻了吻李隆基。

「陛下別擔心，我們受過長生，很快就會再活過來。」

李隆基也知道他們受了長生，但他怎麼能這樣看著她死去？

面對千軍萬馬，難道他有辦法阻止她死去？

「是我連累了妳……」

想不到楊玉環竟然沒有一點抱怨。

「別這麼說。」她在李隆基懷裡搖頭：「這一切都會過去，會過去的。」

「可是妳受苦了……我一定會回來找妳，不管五年、十年……我一定會回來。」

烽火連天，誰都不知道自己明天會在什麼地方。

他們這一分離，什麼時候會再見面？

楊玉環淒然一笑。

「只要陛下能平安，阿環受一點苦也沒有什麼關係。」

楊玉環的淚水終於從笑容邊緣滑下，一滴一滴都落入李隆基的胸口。

「阿環會一直……」

門外喧譁又起，打斷了她的聲音。

楊玉環推開李隆基。

「將士們不能再等了。」她說：「讓阿環一個人去吧，一定……一定很醜的。」

第八章　衣服

一、

天已經亮了，菜園旁的雞已經一聲聲地啼過。

李三郎和二娘好像都沒有聽見。

他們的心，都還停留在四十年前馬嵬驛那間被千軍萬馬包圍著的小小佛堂裡。

一直等到李三郎沉默了很久，看起來不打算再繼續說下去了，二娘才問：「然後呢？走了？玄宗就這樣走了？」

李三郎咬著牙，點頭。

這些年來他聽過各式各樣的人談論馬嵬驛裡發生的事，從騎著竹馬的娃娃到賣饅頭的婆婆，從穿著新衣的小女孩到拿著大刀的將軍，他們的看法總共只有兩種。

一種屬於男人，一種屬於女人。

男人說楊玉環害了李隆基，女人說李隆基害了楊玉環。

不過他們都不知道長生殿的祕密，他們也不是二娘。

二娘呢？

她會怎麼說？

二、

她流淚。

在金黃色的陽光下，她的眼淚看上去也是金黃色的。

「對不起……我……」她用衣袖擦去淚水，遮著臉轉過身：「你等我一下。」

話還沒說完，她已經飛快地進到屋裡。

天地之間一片寧靜。

李三郎忽然想起四十年前，他關上佛堂門的時候，竟然連最後一眼都不敢看她。

他是如此愚昧，一直以為她心甘情願用自己來換他平安，一直為了連累她而自責。

其實該自責的是他從來不知道她的柔情密意之下隱藏了多少眼淚。

只要他把她的心當成自己的心，就應該知道。

可是他沒有。

他實在太自私，太自以為是。

他後悔了。

他想得到什麼呢？既然已經想通了，已經懺悔了，已經決定用他的一切來贖罪，又何必聽她親口說出來？

他根本不應該說這個故事的。

「李三。」

李三郎倒抽了一口氣，這不是二娘的聲音。

他是不是聽錯了？

是不是真的有人在叫他？

這個聲音好像是從他昨天穿過的樹林裡傳來的。

李三郎望向樹林，沒有看見半個人影。

那個聲音又說了一次：「李三。」

這次他完全聽清楚了。

李三郎雖然不認得這個聲音，卻知道什麼樣的人才會用這兩個字叫他。他的心情彷彿從漆黑幽暗封閉的山谷一下跳上了有著眾鳥飛翔、陽光燦照的群山之巔。

他向二娘的房門瞥了一眼，確定沒有任何動靜，然後用很輕很輕的腳步迅速往樹林走過去。

這正是他現在最想聽到的兩個字，如果不是怕二娘聽到，他甚至想要大步奔跑、大叫著要這個人趕快出來。

這個人一定是專程來幫他的，這個人一定看見了所有的事情，一定知道二娘發生了什麼事。

這個人一定知道該怎麼讓二娘想起來。

這個人一定來自長生殿。

因為在人間，根本沒有人認得他。

李三郎快步進了樹林，頓時感到一陣涼意撲面而來。

早晨的陽光已足以使人感到溫暖，樹蔭下和陽光下本來就是兩個不同的世界，但是真正讓李三郎感到涼意的，卻是這個出聲叫他的人。

他一襲白衣上沒有一點瑕疵，就像一座終年積雪不化的奇崛孤峰。

他腰間掛著的一張弓，也像是用凜冬之時大江之上的堅冰製作而成。

「你……你是從天上來的？」李三郎並不喘，但是他的呼吸很亂。

「不錯。」

白衣人說完，忽然做了一件李三郎完完全全料想不到的事。

他轉頭就走。

從背後看去，他的弓弦、他的頭髮，他身上每一處黑色的地方都和白色的地方一樣全無瑕疵。

他走的速度不快，似乎是要讓李三郎跟上他。

但是李三郎並不想走。

「別走！」李三郎攔住白衣人：「你快告訴我，這到底是怎麼回事！」

他雖然心急，還是壓低了聲音：「為什麼她都不記得了？她的金釵……」

白衣人轉過身。

他的聲音很柔和，很低沉。

「她不想再見到你，你還不懂嗎？」

三、

房間的後面有扇窗戶，微弱的陽光從窗戶斜斜照進來。

這口箱子已經十幾年沒有打開過了，上面卻沒有一點點灰塵，因為二娘每隔幾天就會用一塊不沾水的乾布細細地擦拭它。

二娘的手輕輕地，一次又一次撫過箱子上的花紋。

「咿呀」一聲。

一股彷彿凍結在時光之中，彷彿只有在很久很久以前才會聞到的味道迎面撲向她。

四、

「不想見到我……」

二娘的笑容浮上李三郎心頭。

他想起二娘問他：「什麼事那麼傷心？」

他想起二娘要他太陽下山的時候再回來，想起二娘燒的菜。

他怔怔地搖頭。

「不，不會的……她看起來可沒有不想見到我的樣子。」

「因為她是女人。」白衣人淡淡地說：「你永遠不會知道女人的笑是不是真的笑，也永遠不會知道她的心裡在打什麼主意。也許她昨天才因為你遠大的抱負而著迷不已，今天就吵著要你多花點時間在她身上，去年才說會隨著你到天涯海角，今年就想要你在一個地方住下來。」

白衣人問：「這種事情，難道你沒有遇過？」

昨天之前，李三郎還真沒有遇過。

但是今天，他已經從二娘的口中聽見了那些楊玉環沒有說的事。

她會不會又和以前一樣，又用笑容來掩蓋所有真正想說的話？

「你的意思是，她不想見我，所以寧可忘了我？」

「不錯。」

「這怎麼可能呢……一個人真有辦法忘記過去的一切？」

「顯然她辦到了。」

李三郎的眼睛驟然瞪大：「長生殿！」

「和長生殿沒有任何關係。」白衣人搖頭：「立了誓願受了長生，長生殿就不會再干涉任何事情，要怎麼做，都是你們自己的選擇。」

「她真的這麼恨我，恨到非將我忘記不可？」

「女人就是如此，山盟海誓轉眼便如雲煙，你本來就不應該相信。」

「不，不是的。」李三郎悵然：「是我對不起她……我從來沒有了解過她。」

白衣人臉上冰冷的表情好像忽然融化了，嘴角泛起了 絲若有似無的微笑，眼裡也透出了一絲暖意。

他拍了拍李三郎的肩膀：「這不是你的錯。」

「不是？」

「當然不是。」白衣人笑了：「女人說的是一套，做的總是另外一套，就連她們自己也不了解自己，何況是你？」

他問：「你難道不覺得奇怪，為什麼一個女人都已經向你承諾了大上人間，永不分離，卻還是不告訴你她內心的想法，一直要等到事情無可挽回了，才哭哭啼啼地說自己受盡委屈？」

「為什麼？」

「只有兩個可能。」白衣人說：「我用了兩千多年才想清楚這兩個可能。」

用了兩千多年才想出來的答案當然是很有道理的，李三郎的身體不知不覺微微前傾，呼吸也變得小心翼翼起來。

白衣人說：「一個是因為女人想要的東西隨時在變。」

「另一個？」

「因為女人根本不知道自己想要什麼。」

五、

箱子裡面，全都是衣服。

十四娘還在的時候，有一個男人每年都會帶著幾套衣服、幾件首飾、一些點心來找十四娘。他帶來的每一樣點心十四娘都會吃，每一件首飾十四娘都會戴，每一套衣服十四娘都會穿。等到那個男人留下所有的東西，走了，十四娘就會挑一套她覺得最適合二娘的衣服，送給二娘。直到十四娘過世那一年，她總共給了二娘二十七套各式各樣的衣服。

二娘從沒有穿過任何一件。

這些衣服都是那個男人從各地精心挑選來的，就算是公主穿了這些衣服也絕不會失了半點面子。可是穿著這些衣服挑水燒菜就實在有些過分了。

而且，這些是十四娘送給二娘的衣服，要是不小心髒了，勾破了，或是燒了一個洞，都會像是在二娘的心上挖了個洞一樣。

她寧可把箱子永遠封起來，讓裡面的衣服永遠像第一次捧在手上那樣地光鮮，那樣地亮麗。

不過現在，她下定決心要從這裡面挑出一套衣服換上。

其實她並不一定要這麼做的。

她可以換上平常穿的那些洗到發白又一補再補的衣服就好，畢竟這是深山，不是城裡，穿上那麼漂亮的衣服根本一點意思也沒有。

她甚至可以不用換衣服。

淚水雖然將她的衫子弄溼了一大片，卻很快就會乾的，乾了之後，也許再怎麼仔細看也沒有辦法看出痕跡。

但是二娘不管，現在她只想做一些會讓自己開心的事。

她不但要穿這箱子裡的衣服，而且，還要穿最漂亮的那一套。

在最上面的，是一件月白色的衫子配上淡綠色的裙。

這是十四娘送給她的最後一套衣服。

二娘捧起衫子，湊到面前，深深吸了口氣。

她好像還能聞到那一天的味道。

那一天，是十四娘最後一次見到那個男人。

她穿上這套衣服，每走出一步，裙襬就會像一條條楊柳隨風搖曳一般地擺動，整個人的身影就像是有條月光的河流過了一樹翩翩起舞的柳葉，又像是一條柳葉河上倒映著整個天空的月光。

那時候，那個男人眼裡看見的彷彿不是十四娘，而是他和十四娘之間不知為何逝去的青春年華再度出現在他們面前。

二娘將衫子抖開，壓在胸前，再抖開裙壓在胸腹之間，低頭看了看。

她笑了。

這衣服真好看，十四娘真懂她。

其它的呢？

二娘滿心期待，看向箱子。

一件像桂花那樣淡黃色的衫子進入她眼裡。

她記得配上這件衫子的，好像是一件石榴紅的裙。

她把手上的衣服胡亂捲了起來，掀開衫子，果然沒錯。

二娘微微皺眉。

也許她再年輕個十幾歲，或是她和十四娘一樣會跳舞、全身充滿活力，這套衣服就會很適合她。

不過現在她一點也不想穿這麼紅的衣服在身上。

二娘拿起紅裙，打算將它放到一邊去。

可是當底下那件衫子因為紅裙移開而露出一角的時候，她立刻「哇」地一聲大叫，改變了主意。

那是一件很淺很淺的粉紅色的衫子，上面有著一朵一朵小小的花。

原本過紅的裙一碰上這件粉紅色的衫子，散發出來的氣息在一瞬間就變得不一樣了，從奔放變得優雅，從活潑轉為沉靜，從俏皮開朗的大姑娘搖身一變，成了個溫婉賢淑的貴婦人。

在粉紅色衫子的映襯之下，紅裙的紅，變得就好像一種從很遠很遠的國度來的寶石一樣地神祕。

二娘的眼睛簡直不想離開這一衫一裙。

她高高舉起這套衣服，哼著歌轉了個圈。

但是轉完圈，她又覺得不對了。

這件粉紅色的衫子本來配的，是一件同樣有著小小花朵的淡紫色的裙。

二娘拿出淡紫色的裙，和粉紅色的衫子放在一起，比了一比。

好漂亮。

二娘煩惱。

二十七套衣服已經要選好久了，不同套又可以互相搭配，這樣一來，只怕她得要把衣服全都攤開在地上才可以看個清楚。

而且看清楚還不夠，還得要一一地試過。

問題是她只拿出了三套衣服，就已經沒有辦法決定怎麼穿才是最好看的了，再繼續下去，只怕選到天黑也選不出最漂亮的一套！

該怎麼辦才好？

二娘後悔了，她以前實在應該要問問十四娘每天都怎麼決定要穿什麼衣服的。

她從來沒有想過，穿衣服這件事情竟然會這麼地令人煩惱！

六、

李三郎沉默了半晌，終於搖頭。

「你不同意？」白衣人問。

李三郎不說話，苦笑。

白衣人的答案也許可以解釋很多事情，卻顯然沒有辦法幫上他任何一點忙。

「你不同意也得同意，事實就是如此。」白衣人說：「我就是怕你想不清楚，做出讓自己更痛苦的事情，才會來找你。」

「還有什麼事能讓我更痛苦？」

白衣人好像早就預料到李三郎會問這個問題，哼了一聲。

「你以為現在這樣已經很痛苦？」他問：「你以為她像現在這樣忘了你卻和你說說笑笑讓你很痛苦？」

「難道不是？」

「你會這樣想，只代表你根本不知道什麼是真正的痛苦。」白衣人的聲音充滿譏諷：「如果她真的記起以前的事情，親口對你說不想再見到你，你會不會更痛苦？」

李三郎怔住了。

他不知道，真的不知道。

白衣人又問：「她費了好大的功夫才忘了你，如果你讓她想起來，她是不是要怪你？」

李三郎沒有想過這個問題。

他覺得鼻子好酸好酸，好像就快要不能呼吸。

白衣人竟然還有第三個問題。

「如果她想起來之後說她不怪你，說她只想像以前一樣待在你身邊……」他好像怕李三郎聽不清楚，特別放慢了速度，一個字一個字說：「你要怎麼知道她不會和以前一樣，一個人在半夜趁你熟睡時偷偷流淚？」

「你說什麼！」李三郎兩手抓住白衣人的肩膀，猛力搖晃：「你說她曾經在半夜的時候……半夜……流淚？」

白衣人的眼神中充滿同情，語氣輕得就像是怕被藏在綿絮裡的針刺到。

他撥開李三郎的手：「我不知道，這應該是由你來告訴我？」

李三郎想吐，他的頭好暈。

他東轉西轉，終於找到一棵樹，倚著樹幹坐了下來。

他的表情看起來像是在笑，聲音聽起來卻像在哭。

他聽起來像在哭，臉上卻沒有一滴眼淚。

「沒用……真沒用。」李三郎喃喃自語：「一個男人怎麼能這麼沒用？」

「長生殿是不是一場騙局？」他問：「它是不是從頭到尾都是一種懲罰，懲罰那些自以為相愛、自以為能夠天長地久的愚蠢人們？」

白衣人回答得斬釘截鐵。

「不是。」

「不是？」

「長生殿是一種機會，一種只屬於你和我這種人的機會。」

「我們是哪一種人？」

「心懷天下的人。」

李三郎猛然坐直了上半身，面對白衣人。

他發現自己問了白衣人這麼多問題，竟然忽略了一件很重要的事：

「你是誰？」

白衣人沒有直接回答，只是拍了拍背上那張黑白分明的弓：

「我曾讓堯當上天下共主。」

堯的時代雖然久遠，流傳下來的故事卻不少。其中有個箭術已臻出神入化之境界的人，甚至可能比堯還有名，尋常百姓也許沒有聽過堯的名字，卻一定知道這個人的故事。

傳說這個人射下了當時肆虐大地的十個太陽中的九個，使大地重獲新生，也鞏固了堯號令天下的地位。

這麼樣的一個人，李三郎自然不會不知道。

「后羿！」

「不錯。」

「你……兩千多年！和你發下誓願的那個女人……」

「就是你知道的那個女人。」

姮娥奔月的故事，李三郎也是聽過的。

不過就算不曉得那個故事，李三郎也完全可以從后羿的眼神和說過的話裡看出他和姮娥之間處得絕不愉快。

所以李三郎就更不懂了。

「你說的機會，是什麼機會？」

「認清女人的機會。」后羿說：「如果不是和一個女人發下誓願受了長生，你就不會明白女人的真面目，就會白白為了女人而痛苦，那麼，你就沒有辦法做你真正該做的事。」

李三郎搖頭，嘆氣。

他失望。

「我已經想通了當年犯下的每一個錯誤，卻不能改變任何事情，這個機會除了讓人後悔，還有什麼用處？」

「過去不能改變，未來可以。」

「哦？」

「安祿山造反之後，天下就一直動盪不安，和你開元時的情景可說是天差地遠。」后羿笑著拍了拍李三郎的肩膀：「你善謀略，我有武藝，更重要的是，我們都長生不死。」

「那又如何？」

后羿盯著李三郎，眼睛彷彿發出了光。

「我可以助你奪回天下，再開太平盛世，彌補你前生的遺憾！」

七、

一口箱子，二十七套衣服。

在拿出第六套衣服的時候，二娘終於嘆了口氣，放棄了。

光是前五套衣服，她就已經找出十二種喜歡的穿法，而且十二種她都想穿。

她甚至覺得只要從箱子裡隨便拿一衫一裙出來，大概都會美得令她捨不得再放回去。

這樣當然是不行的。

衣服再好看，一次也只能穿一套，穿多了，也只有最外面的能被人看見。

幸好二娘並不是個會鑽牛角尖的人，穿好幾套衣服這種事情，她想也沒有想過。

她想到了一個很簡單的辦法。

她把前五套衣服按照順序，一年一年摺好，疊起來。

順序絕不能亂掉，亂掉的話這個辦法就不管用了。

這個辦法，就是讓十四娘來替她決定，十四娘先給她哪一套衣服，她就先穿哪一套。

十四娘每年都慫恿她穿新衣服，她都沒有穿，現在她決定要穿了，那麼等得比較久的衣服，是不是也應該先被穿上？

這真是個好辦法，二娘開心極了。

第一套衣服，當然是在最底下。

二娘小心地把衣服拿出來。二十七套聽起來好像很多，一天一套也要快一個月才能穿完，可是搬起來卻沒多少，箱子一下子就要見底了。

衣服堆滿四周，五顏六色就像春天的花，一片一片到處開得肆無忌憚。

愈接近箱子底部，二娘連呼吸都變得小心翼翼。

十四娘送她的第一套衣服是什麼樣子？她實在想不起來。

那是好久好久以前的事。

不過她覺得那一定是天底下最漂亮的衣服，不論它是什麼樣子，她都已經愛上了它。

她甚至決定這幾天都要穿著它。

穿幾天呢？

她不管，總之先穿再說。

二娘終於看見了最底下那套衣服。

她倏地吸了一大口氣，整個人就像冬天裡凍僵的小鳥一樣地怔住。

這套衣服完完全全超出她的意料之外，就算看見一件用東海的珍珠串成的衣服放在這箱子裡，也不能再令她更吃驚一些。

這套衣服不是紅的，不是綠的，不是紫的，不是白的。

這套衣服竟然又破又舊，根本已經看不出原本是什麼顏色！

但是她知道它原本是淡黃色的。

因為這正是她四十年前生病昏迷的時候，又髒又爛又臭而被十四娘幫她換了下來的那套衣服！

衣服髒了可以洗，破了可以補，只不過當年她清醒之後什麼也不記得，一看見以前的東西就流眼淚，於是有一天，十四娘就把它丟了。

丟了之後，她的精神也真的奇蹟似地好了許多。

現在她才明白，十四娘並沒有把衣服丟掉，只是收了起來。

她忽然好想十四娘。

說也奇怪，以前十四娘幫她丟了衣服，她感謝十四娘，現在十四娘幫她留了衣服，她心裡卻還是好感謝十四娘。

這實在是很有趣的一件事情。

二娘拿起這套破破爛爛的衣服，抖開。

「啪噠」一聲，有東西落在地上。

是一枝簪子。
木頭簪子。
簪子頂端，有一彎小小的月亮。

八、

陽光穿過漫天的樹葉，一塊塊落在泥土上，樹枝上，野草上，風一吹動便到處亂跑，像是有了自己的生命。
但后羿仍是一身雪白，彷彿這些光或影從來沒有想過要靠近他。
李三郎兩眼在后羿身上停了好久，才嘆了口氣。
「你來晚了。」
「怎麼？」
「早四十年，我必然重用你。」李三郎說：「可是現在天下已與我無關。」
「你錯了。」
「錯了？」
「我早四十年來找你，事情也不會改變。」
「怎麼不會？」
后羿沒有回答，反問：「四十年前，你對楊玉環了解多少？」
李三郎沉默。
「你根本不了解她，是不是？」

李三郎不得不點頭。

「如果沒有分開這四十年，如果她沒有失去記憶，你到現在還是不會看清楚她，那麼，我就不會出現。」

「為什麼？當年你可以直接告訴我。」

「告訴你也沒有用，這種事情一定要親身遇上了才會懂。」后羿冷笑：「難道我告訴你，你就真的會相信？」

李三郎苦笑。

他很清楚答案。

「走吧，讓她過她自己的日子，和我去彌補你犯的錯。」

「我說過了，天下已與我……」

這個時候，小屋的方向隱隱約約傳來了二娘的聲音。

「三郎，三郎？」

李三郎想也沒想，立刻朝小屋走去。二娘進屋才一下子，出來不見他，定是很著急了。

可是走出幾步，李三郎又慢慢停了下來。

他怔怔地望著前方，就好像前方有一道看不見的牆擋住了他的去路，讓他沒有辦法再向前任何一步。

這道牆又高，又大，又沉重。

這是他心中的牆。

——他已經害得二娘夠慘了，如果二娘選擇忘了他，那麼他是不是應該像后羿說的，讓二娘過著她自己的日子？

她在山裡，似乎很快樂。

「三郎？」二娘的聲音又傳來。

李三郎不但沒有向前，反倒全身發顫，向後退了兩步。

然後他就聽見有人大叫。

「李三，趴下！」

他沒有趴下。

任何人突然聽見有人叫自己趴下，只怕都不會趴下的。

他的反應就像任何人一樣，轉過身，想看看叫他趴下的這個人是誰。

「嗖」一聲，有東西從他的臉旁飛過。

那東西的速度實在太快，李三郎只覺得臉上一陣冰涼，甚至不能確定那東西究竟有沒有撞上他。

他往臉上一摸。

是血。

第九章　傷口

一、

傷口不大，血一下子就不再流了。

箭又搭上，弓張得像一輪滿月，咿咿呀呀彷彿隨時會在后羿手上爆裂開來。

李三郎一動也不動。

后羿的箭法他已經見識過，他毫不懷疑如果抬起腳，在腳落地之前，就會有枝箭先釘進他的身體，再從他背後穿出來。

他絕沒有可能閃躲過后羿的箭。

他不懂后羿為什麼還不鬆手放箭。

他更不懂的是，后羿為什麼要殺他？

后羿身後，一男一女朝著他們奔來。

「別過來，過來他就死！」后羿沒有回頭。

那對男女不敢懷疑他的話，立即停下了腳步。

李三郎立刻認出那正是當年在長生殿要他們立下誓願、受長生的女子。

「后羿，你瘋了嗎！」那女子怒道。

后羿沒有理會她，冷冷地對李三郎說：「交出金釵。」

「你要金釵做什麼？」

「別聽他的，他騙你！」那女子叫道。

李三郎怔了一下，反問她：「妳知道他為什麼要金釵？」

她像是全沒料到李三郎會這樣問，期期艾艾地說：「你……你……總之他說的話都不能信！」

后羿冷笑。

「她知道，她當然知道，全天上的人都知道。」他說：「那賤人禍國殃民，根本不配到天上去。」

「賤人？」

「如果不是她迷住了你，你又怎麼會被安祿山那卑鄙小人給蒙蔽？」

李三郎忽然明白了。

他一直以為后羿也是個失意的男人，和他一樣在無可挽回的錯誤之後才學到慘痛的教訓，才了解心愛的女人竟然有很多心事瞞著自己。

原來全不是那一回事。

同樣一句「認清一個女人」，李三郎想的是認清她心中沒有說出的話，而后羿所指的，卻和當年的文武百官一樣，只是不分青紅皂白就將所有的錯都怪到一個女人身上！

為什麼一個想了兩千多年的人，得到的答案竟然和活了數十個寒暑的人沒有半點分別？

為什麼同樣發了誓願受了長生的男人，看待女人的方式卻完全不同？

「既然你要金釵，又何必說什麼奪回天下，什麼太平盛世？」

「我沒想到你竟然如此愚昧，經過這麼多年，還是被那賤人迷得神魂顛倒。」后羿冷冷地說：「你是我生平第二個佩服之人，你應該要想通的。」

「你佩服我？」

「你的成就並不容易。」

「而你卻要殺我？」

「我可以不殺你。」

不殺的意思，就是交出金釵。

交出金釵，就再也到不了天上，進不了長生殿。

李三郎怎麼能交出金釵？

他怎能不交出金釵？

奇怪的是，他看起來像是一點也不擔心的樣子。

「我懂了。」他點頭。

「哦？」

「你最佩服的，想必是你自己。」

后羿搖頭：「錯了。」

「不是？」

「武侯。」

「功蓋三分國，名成八陣圖。」李三郎同意：「不容易，的確很不容易。」

「可惜你們都失敗了。」后羿恨恨地說：「因為女人。」

「我懂。」

「你懂？」

「我並不笨。」李三郎說：「你說的已經很明白，我若還是不懂，就不只是笨，而是愚蠢了。」

「你懂什麼？」

「你說她不配到天上去，所以要奪走金釵。」李三郎說：「那並不是真正的原因。」

「哦？」

李三郎微微一笑：「你怕我。」

「怕你？」后羿似笑非笑，晃了晃手上的弓：「我可沒有怕過任何人。」

「是的，你怕我。」李三郎說：「你說要助我奪回天下，彌補四十年前的過錯，其實根本不是。」

后羿的眼睛就像是兩團黑暗，籠罩著李三郎。

他一個字一個字地說：「那的確是你的過錯。」

「大唐在我手中強盛，也在我手中衰敗，這我不會否認。」李三郎淡淡地說：「可是你這麼說不是要幫我，而是要我幫你。」

「有什麼不同？」

「完全不同。」

「哦？」

「當今的皇帝是我兒孫，當今的天下，是李家的天下，你助我拿回當年的天下是一回事，你要奪我兒孫的天下又是另一回事。」李三郎說：「你想要天下，可是說服不了我幫你，又怕我阻止你顛覆李家的江山，只好用金釵來要脅我不得與你為敵。」

他問：「這是不是你要我交出金釵真正的原因？」

皇帝對於奪權一類的事情本來就特別敏感，當年若不是李三郎沉浸在自己的成功之中而看不清事實，安祿山絕不會有任何坐大的機會。

后羿沉默。

「其實你不用這樣做。」李三郎輕輕地說：「我說過了，天下已與我無關。」

天下在他手中興盛，又衰落，他早已看破。

現在他的心裡只有二娘，后羿的擔心絕對是多餘的。

想不到后羿搖搖頭，大笑。

「你錯了，是你怕我，不是我怕你。」他說：「我要奪天下，你阻止不了我，現在我要金釵，你也阻止不了我！」

「哦？」

「牛郎，你不用再往前了。」

李三郎和牛郎的臉色在一瞬間都變了。

「你趁他說話的時候，已經向前走了三步，現在距離我十二步，李三距離我二十步，織女距離我十七步。」后羿說：「在這樣的距離下，我一出手，你們三人都會死在我五步之外。」

他問李三郎：「你信不信？」

李三郎和牛郎都可以從對方臉上看出自己的臉也有多蒼白。

后羿一直沒有出手，當然不是好心要饒李三郎一命，他到現在還沒出手，只是因為他的後面有人。

李三郎和牛郎都很清楚這一點。

李三郎不停地和后羿說話，就是為了尋找機會。

牛郎也趁著他們說話的時候，悄悄靠近后羿。

可是他們都忽略了，李三郎面對著牛郎織女，后羿卻是背對他們。

后羿沒有出手不只是因為牛郎在他後面，更是因為在最一開始的時候，他並不知道自己後面究竟有多少人，也不知道這些人距離他多遠！

所以他也很認真地和李三郎說話。

他知道身後的人一定會趁機靠近。

只要那些人一動，再輕微的腳步也不能從他耳裡逃過。

「交出金釵。」

現在后羿已經知道自己身後只有牛郎和織女，而且還掌握了他們的位置。

李三郎的十指緊握，胸腹收縮。

他甚至可以感覺到有滴汗水毒蛇般從他的頸邊滑進他的胸膛。

他已不畏懼死亡，但這世上有些事情遠比死亡更可怕。

他靜靜地看著后羿那雙催魂奪命的手。

此時說話已沒有用處。

他只能賭。

賭他能抓住后羿鬆手前的那一瞬間，及時向旁邊跳開。

早了，晚了，三個人都得死。

跳開之後，他就得立刻賭第二次。

這個地方顯然是后羿特別挑選過的，李三郎和后羿之間沒有任何一棵樹，后羿周圍更是連一顆石頭都沒有。

如果他轉身逃走，后羿就可以從容地殺了牛郎和織女，再回頭像個獵人追兔子般追殺他，而他也只有像隻兔子一樣，等著挨后羿的箭。

所以，他得賭牛郎和織女立刻領悟到發生了什麼事情，同時和他撲向后羿。

這幾乎不可能成功。

李三郎並不抱著希望。

但是，他不能不賭。

他微微彎曲膝蓋，小心不讓后羿發現自己的動作。

他感覺到全身的重量經由大腿，小腿，再經過腳掌壓在地面上。

他強迫自己把呼吸放慢，再放慢。

「你還想見到姮娥嗎？」牛郎忽然說。

后羿一怔：「什麼？」

「姮娥已經走了。」

「不可能。」

白光一閃，后羿已經轉過身，箭鋒直指牛郎。

「你若是不相信，就殺了我們，慢慢找金釵去吧。」牛郎平靜得像是無意間提起了一件和自己一點關係也沒有的事：「這山裡的岔路不多，你就算找上一個時辰，姮娥大概也不會走到哪條你找不著的路上去。」

后羿當然不會聽不出這是反話。

此處人蹤罕至，周圍山峰連綿不絕，不要說是岔路，根本連像樣的路也沒一條。

用不了一個時辰，姮娥只要在呼吸間隨便往樹林草叢石壁邊拐個彎，后羿只怕再過一千年也別想找著她。

但是，這是真話嗎？

不到一眨眼的時間，后羿就做出了決定。

他掠過牛郎身邊時，只留下了一句話。

「你們逃不掉的。」

二、

山上的風沒有了塵世的喧囂，總是涼爽而舒服的。

但是當這樣的風吹在因為汗水而溼透的衣服上時，就冷得令人有些難受了。

一直等到聽不見后羿的腳步聲，三人才不約而同鬆了口氣。

「謝謝你們。」李三郎的聲音彷彿夢囈。

「我們會拖住后羿，你快帶楊玉環走吧。」牛郎說：「等后羿發現姮娥還在那裡，立刻就會回來，那時候他定然會毫不猶豫地殺了我們所有人。」

「你們不走嗎？」

牛郎搖頭：「我們下來就是要幫你們。」

「你說他會不會對姮娥……」織女沒有再說下去。

「不會的，他一見到姮娥，就知道我騙他，他只會氣得想殺了我。」牛郎聳聳肩：「反正他本來就要殺了我們，多一個理由也沒有差別。」

牛郎不在乎，李三郎卻不能不在乎。

「我連累了你們。」李三郎說著向牛郎拜倒。

牛郎阻止了他。

「別說什麼連累。」他拍拍李三郎肩膀：「等你在天上住久了，看到人間的不平事也會想管一管的。」

「你們……你們一直都注意著我們？」

「全天上的人都注意著你們！」織女在身前揮手，劃出了流星般的一道圓弧。

她伸出食指：「這一百年來，就只有你們進長生殿立誓願、受長生了。」

李三郎怔了一下。

「那你們知不知道阿環她為什麼……」

牛郎和織女相視一眼，不約而同地搖了搖頭。

李三郎仍不死心，又問：「這真不是長生殿的懲罰？」

「不是，長生殿從沒有懲罰過任何人。」牛郎說：「在我們之前沒聽說過，在我們受長生之後，也沒看見過。」

「你看后羿那個樣子就知道了。」織女忿忿不平：「連他都沒事，可見長生殿根本不在意我們有沒違背誓言。」

李三郎不說話了。

要殺他的和要幫他的人都告訴他同樣的事情，他再不想相信，也沒有辦法不相信。

「違背了誓言，會懲罰我們的，只有自己。」他悽然一笑：「是嗎？」

「唉呀，現在不是想這個的時候。」織女打斷他。

「沒錯，時間不多了。」牛郎說。

李三郎動也不動。

「怎麼啦？」織女說：「你們幾經波折，千辛萬苦才相逢，可別又被拆散了。」

李三郎沒有回答，只是望著空氣發怔。

過了半晌，他說：「我……我還是離開她吧，不能再讓她因為我而受到傷害了，反正她那一股也……」

李三郎猛地轉向牛郎。

他忽然發覺事情不大對。

后羿既然一直注意著他們，就絕不可能不曉得金釵少了一股。

他應該也知道楊玉環遺失的那股在哪裡。

那麼，后羿為什麼不直接拿走那一股，為什麼要來逼他交出金釵？

「也許她想起來的時候，金釵就會回復原來的樣子了。」牛郎語帶安慰，李三郎聽了卻興奮得簡直整個人都要跳了起來。

「你是說，金釵還在阿環那裡？」

「就在她房裡的那口箱子底啊，是十四娘收的。」織女奇怪：「怎麼你……」

話沒說完，李三郎已飛奔出了樹林。

三、

后羿踏過蚶曲盤繞的樹根，躍過嶙峋怪石，避開比他還高的野草，閃過一窩匆忙走避的兔子。

如果不是瞬間的反應和健壯的大腿來得及支撐他全身的重量，他已經四次因為突如其來的凹陷而一頭撲倒在崎嶇不平的地面上。

但他沒有因此而慢下來。

他只想快、再快。

更快。

他不知道在自己心裡蔓延開來的是一種什麼樣的感覺，好像被人在腹部用力揍了幾拳，膽汁連同鮮血隨著劇痛一齊湧上咽喉，又像被人從背後砍了一刀，傷口腐爛時會伴隨而來的高燒。

他從沒想過姮娥有一天會離開他。

在天上，姮娥雖然沒有與他同住，他卻一直都知道姮娥就在那座山上。

他還知道那座山上有條小溪，姮娥每天都會到溪邊用清澈冰涼的溪水洗腳。

她洗腳的時候會笑，笑起來很美。

他看過，他記得。

那地方本來就是他帶她去的。

他看見了自己剛才在樹幹上留下的箭孔。

姮娥在哪裡？

后羿繼續往山下狂奔。

每一棵樹他都繞到後面去看一看，每一塊石頭、每一個幽暗的角落他都不放過。

每轉一個彎，他的心就往下沉。

沒多久，他就領悟到一件事情。

姮娥走了。

姮娥離開他了。

他找不到姮娥了。

不可能找到她了。

四、

桌上有隻碗，碗裡有兩顆用水煮熟的雞蛋。

蛋的殼已經剝好了，蛋白一點也沒有破掉。

二娘哼著昨天那首不知名的曲調，聽見李三郎走進廚房，立刻轉過頭對他笑了笑。

「三郎，餓了吧？」她笑著說：「粥就要好了，你如果餓，就先吃蛋。」

說完，她又回頭看著灶上的鍋子，哼了起來。

她沒有換衣服，只是頭髮上換了一枝木頭簪子。

儘管金釵變成了木頭，李三郎仍然一眼認出那就是屬於她的另一股金釵。

他走近二娘，想看仔細一點。

二娘卻完全誤會了。

「好了好了，你等等。」她怔了一下：「啊，你不喜歡水煮的蛋嗎？」

「不，不是。」李三郎連忙搖頭。

「那就快吃吧，兩個都是你的。」

「好。」李三郎坐下，抓起雞蛋，咬了一口。

他的確餓了，而且他需要體力。

后羿很快就會再找來，他還沒想出辦法。

二娘什麼都不記得，他不曉得該怎麼向她解釋。

他甚至根本不知道自己應該留下來還是離開二娘。

他很訝異自己竟然能夠平平靜靜地坐在這裡吃雞蛋。

雞蛋很香，很有滋味。

二娘身上的味道也很香。

她盛了兩碗粥，在李三郎旁邊坐下。

「小心燙。」

李三郎接過粥，眼睛一直沒有離開二娘。

「怎麼啦？」二娘順著李三郎的目光一摸。

「啊，這個啊。」她的笑靨如花：「這是我剛剛在十四娘送我的一箱衣服裡找到的，想來是我忘了她送過我。

「很好看。」

李三郎說的是人，不是簪子。

不過二娘又誤會了。

「是啊，我愈看愈喜歡，難怪長安的人要仿製了。」

李三郎沒有解釋，向二娘微微一笑。

如果能選擇，他真願意用所有的一切來換取將時間停留在這一刻。

寧靜，簡單。

還有她，她和他。

李三郎將碗湊近嘴邊，長長吹了一口氣。

他淺淺地吸了一口粥，發現二娘正目不轉睛地看著他，好像滿心期待著一齣精彩絕妙的好戲開演。

「怎麼了？」他問。

「沒什麼，你快吃。」二娘忽然笑了一下：「不不不，你慢慢吃，可別燙著了。」

她的眼睛清澈得像秋天的天空，笑容彷彿在說只要他吃下這碗粥，她就心滿意足了。

他喜歡二娘這樣子笑。

她現在的笑容，絕不是假的。

那她又為什麼選擇忘記他？

他究竟該不該離開？

既然金釵還在二娘身上，他顯然不能一走了之。

他必須先帶她走，帶她到一個安全的地方，一個后羿找不到的地方。

然後呢？

然後他是不是就該消失在二娘的生活中，好讓她不再受到他的傷害？

李三郎手上的碗很快就空了。

「再一碗？」二娘問。

李三郎點點頭。

他已經有了決定。

有些事情想也沒有用，有些事情根本就不應該去想。

「二娘，我想請妳幫一個忙。」他說。

五、

后羿緊閉雙眼，握緊雙拳。

他抬頭，他長嘯。

一片飛鳥自林梢沖天而起。

他翻弓入手，搭箭上弦。

一箭，兩箭，三箭……

每一箭射出，便有一聲哀鳴響起，一具屍體落下，一縷冤魂消散。

他不停地放箭，直到最後一枝箭也用完。

然後，他找到每一個鮮血流淌之處，將箭一一取回。

他慢慢地完成一切之後，才回頭往山上走。

鮮血一滴都沒有沾到他身上，他仍然一身如雪白，如冰山，如寒冬。

就和他的表情一樣。

六、

牛郎放輕了呼吸，盡量讓自己不發出任何聲音。

即使受了長生，一箭穿心仍然不是多麼令人期待的事情，李三郎走了之後，織女就開始緊張。

她一緊張，就想說話。

她一說話，就更緊張。

牛郎好不容易哄得織女稍微放鬆了些，在他懷裡好像就要睡著了，他絕對不想吵醒她。

他捨不得吵醒她。

可惜「咕嗚」一聲怪響劃破寧靜的樹林，驚醒了織女。

「什麼？」織女睡眼惺忪，坐直身子環顧四周：「后羿來了嗎？」

「沒事，沒事。」牛郎輕輕撫著織女的背。

「那是什麼聲音？」

「我……我有點餓。」牛郎苦笑。

「哦。」織女戳了一下牛郎的肚子。

其實她也餓了。

不過她沒有說。

她低頭沉默了半晌，問：「你會怨我嗎？」

「因為肚子餓？怎麼可能。」牛郎作勢往左看看，又往右看看：「除非妳把我的早飯給吃掉了。」

「不是，是因為……因為我逼你下來。」織女一點也沒有被他逗笑，反而更難過。

「那是我們一起決定的。」牛郎從後面抱住織女：「我們本來就要下來。」

「但不是現在，現在我們好像……什麼也不能做。」

「現在和未來，不見得有什麼分別。」牛郎貼住織女的臉，在她耳邊緩緩地說：「現在下來不一定不好，以後再下來，也不一定會比較好。」

織女猛地吸了口氣：「你有辦法了？」

「沒有。」牛郎搖搖頭。

「那你怎麼說沒有分別？」

「因為我說以後再下來的時候，並沒想到后羿失敗了兩次，竟然還想著天下。」

織女毫不掩飾她的厭惡：「他只敢躲在別人背後，永遠也不會成功。」

「他當然不會成功，可是這樣一來他根本就不會回到天上，那我原本的想法就行不通了。」

「真奸詐。」織女氣忿忿地說：「他既然想用金釵要脅李三，為什麼還要說成是不讓楊玉環到天上？這幾十年來，全天上可都知道他有多恨楊玉環。」

「他一直認為上一次是織女害得他失敗了。」牛郎說：「我想，他是把氣出在楊玉環身上。」

織女用力捶了一下大腿：「該死，真該死！」

像織女這樣的女人，是很少會說一個人該死的。

當她這樣說的時候，就代表她已經非常地憤怒，甚至憤怒得說不出其他話來。

牛郎不希望她這麼憤怒。

他把織女拉回來，讓她斜倚在胸前。

「別擔心，會有辦法的。」牛郎說：「也許楊玉環不知怎地就想了起來，又或者她……重新愛上李三，金釵就復原了。」

織女白了他一眼：「哪有那麼容易。」

「妳還想不想幫他們？」

「當然要！」

「那就再睡一下。」牛郎說：「我們能拖愈久，李三他們就能走愈遠。」

他不等織女說話，輕輕吻上她的額頭。

織女閉上眼，過了半晌又睜開。

「等這件事情結束，你要帶我去吃些好吃的。」織女說：「先到長安吧，長安的……」

牛郎忽然微笑。

「怎麼啦？」織女問。

「不用等了。」

「啊？」

「起來吧。」牛郎說：「我們有東西吃了。」

樹影不動，人影動。

是李三郎。

「快進來吃點東西，我和她說好了，等一下就出發到山另一邊的鎮上去。」

「她想起來了？」織女很驚訝。

「不是，我告訴她有兩個朋友趕著要到蜀郡，卻在山裡迷了路，剛好碰上我。」

「先是你，再是兩個朋友，這也太巧。」牛郎微笑：「那她怎麼說？」

「她說你們一定餓了，先吃點東西，讓她準備一下，等你們吃完立刻就可以出發。」李三郎沒有笑，他很嚴肅地說：「我不能讓你們為了我們冒險，這是我能想到唯一的辦法。」

這不是唯一的辦法。

還有一個更簡單的辦法，就是讓牛郎織女趕緊離開，不要幫著他們和后羿作對。

李三郎走出小屋時，甚至希望別在樹林裡看見牛郎和織女。

但是他看見了，他們還在。

那就只剩下一個辦法。

「時間緊迫，我們就不客套了。」牛郎牽起織女的手，對李三郎微一點頭。

「我要怎麼在她面前稱呼你們？」李三郎問。

「牛二。」

「孫七。」

第十章　習慣

一、

天空很藍，風很涼，草很香。

二娘很開心。

十四娘過世後，到鎮上去的這段路程就剩下她一個人走。

她總是匆匆換了些自己種不出來的東西，再一個人匆匆回到空蕩蕩的小屋裡。

她曾經試過在鎮上待久一點，找人說說話，可是鎮上的人太多，太雜，太紛亂，和那些人相處，反而更讓她感覺到自己的孤獨。

現在走在她身邊的這三個人就不一樣了。

李三郎和牛郎在前頭，織女在她旁邊，她已經好久沒有這麼自在過，就好像網中的魚終於掙脫束縛，躍進水裡一樣。

而且她這輩子，從來就沒有看過夫妻鬥嘴。

「是雞湯，粥裡加了雞湯，對吧。」織女說。

「沒錯，託了三郎的福呢，我一個人殺了雞可吃不完。」二娘笑著點頭：「多了一個人啊，可以煮的東西就多了。」

「唉，我之前學了好久，怎麼也學不會。」織女說：「就說這粥吧，看起來很簡單似的，可我煮出來的只怕沒有姊姊的一半好吃。」

二娘正不知該怎麼回答，牛郎忽然回過頭：「我覺得不錯啊。」

「你看，他也這樣說。」

「我是說妳煮的。」

「你別哄我。」

「不是。」

「放心，我有自知之明的。」

牛郎搖頭：「吃了這麼多年，我可不覺得你有哪一頓飯煮差了。」

「是嗎？」

「不然我怎麼都沒抱怨過？」

「因為你不敢抱怨。」

牛郎又搖頭：「你知道我不會騙妳。」

「可是你怕我難過。」

「不是。」

「是。」

牛郎嘆了口氣。

「好吧，被妳發現了，妳煮的東西很難吃，我每天都要捏著鼻子才能把它灌下肚。」

「嘿！」

二娘哈哈大笑。

「你們鬥嘴還真有趣。」她說：「妹妹啊，妳如果想學，等你們在蜀郡的事情辦完可以來找我啊。」

織女看看二娘，又看看李三郎。

她問牛郎：「二郎，你說好嗎？」

「這就要看事情辦得怎麼樣了，不過……」

「不過什麼？」

「來找二娘可以，不過妳還是別學了吧。」

「為什麼？」織女生氣了：「你怕我學不會嗎？」

「不，我怕……」

「什麼！」

牛郎停下腳步，轉過身看著織女的雙眼。

「我怕味道變了，會吃不慣。」

織女怔住。

過了半晌，她緩緩牽起牛郎的手：「不學就不學嘛，那是你的損失。」

牛郎笑了：「我可不覺得。」

他們說的話，李三郎都聽見了。

他們的動作，李三郎也看在眼裡。

但是他好像根本不知道發生了什麼事情，一直走，一直走，漸漸地愈走愈遠。
牛郎看著李三郎的背影，嘆了口氣。
「去吧。」織女說。
牛郎「嗯」了一聲，沒有放開她。
「唉呀，去啊。」織女抽出她的手，推了一下牛郎：「我們要講些女人家的事，你別聽。」

二、

「碰」的一聲。
小屋的門飛進了屋裡，門外沒有人。
又是「碰」的一聲。
窗戶也離開了它該在的位置，隨著破碎四散的木板一同飛進屋內的，是后羿。
他雙手各握著一枝箭，落地後迅速翻滾了一圈，起身。
他將一枝箭橫在胸前，用另一枝箭護住腰側，迅速環顧四周。
屋子裡沒有人。
后羿冷笑一聲，他並不意外。
二娘還是二娘，不是楊玉環，就算李三和牛郎加起來有一八個腦袋也絕沒有辦法向她解釋為什麼要在她的小屋裡埋伏別人。
但他不能不謹慎。
他得以征戰那麼多年，倚靠的並非長生殿的法術，也不是如神的箭術，而是謹慎。

他轉進十四娘的房間，然後是二娘的，又在屋裡繞了一圈。

到處都沒有人影。

不過他還是不敢大意。

他走進二娘房間，用嘴叼住右手的箭，一邊留神周圍動靜，一邊用空出的右手翻找二娘那個裝滿衣服的箱子。

箱子裡，只有衣服。

三、

「還在想要不要離開她？」牛郎問。

李三郎回過頭，確定二娘不會聽見他們說的話。

「不，我已經決定了。」

「哦？」

「我會一直陪著她，直到她想起來。」李三郎說：「如果那時候她原諒我，我就會留在她身邊，如果她不原諒我，不想再見到我，我也會心甘情願地離開。」

他的神色一黯：「畢竟是我對不起她。」

「你想通了。」

「有些事情，好像要換了個身分才會懂。」

「那還不算晚。」

「不算嗎？」

「不算。」

「怎麼樣才算晚？」

「只要想通了，永遠都不嫌晚。」

李三郎沉默。

「你不同意？」牛郎說。

「就算想通了，我和她也不能回到以前的樣子。」李三郎嘴角露出一抹苦澀的笑：「確實是晚了。」

「你想回到以前的樣子？」

「想也沒有用。」

牛郎完全不理會李三郎回答，又問了一次：「你想回到以前的樣子？」

他強調：「你和她以前的樣子？」

李三郎奇怪地望了牛郎一眼，低頭想了很久，才終於說：「不，不想。」

「為什麼？」

「因為同樣的事情，還是會發生。」

牛郎點頭：「可惜后羿不懂。」

「他說天上的人都……都怪阿環？」

牛郎沉默。

沉默已經是很清楚的回答。

「看來這件事他沒騙我。」

牛郎嘆息。

「的確有些人這麼認為。」他說：「不過你也不用太擔心，有更多人會幫你們。」

李三郎沒有說話，只是搖了搖頭。

四、

「你們認識很久了嗎？」二娘問織女。

織女怔了一下：「啊，誰？」

「你們兩個和三郎啊。」

「嗯……有一段時間了吧，我也不記得多久了。」

「他們兩個年紀差了不少，交情看起來倒挺不錯的。」

織女忍不住輕笑。

李三郎和牛郎的年紀的確差了不少，只不過並非二娘想像中的那種差距。

「他們都是真性情的人。」織女說：「也許他們根本沒有意識到年紀這回事吧。」

二娘的臉忽然微微地紅了。

她匆忙撇過頭去，好像樹叢裡有什麼東西吸引了她的注意。

不過織女已經看見。

她當然明白這是什麼意思。

她心下暗笑，故意問二娘：「那妳呢？」

「我？」

「你們的交情看起來也很不錯啊，認識很久了嗎？」

二娘的臉更紅，視線好像在天空中到處飄。

「沒……沒很久。」

這話說得含糊，卻是實話，一天確實不能算很久。

「那你們還真……」

織女話沒說完，就被二娘「咦」的一聲打斷。

織女以為二娘是害羞，可是二娘指著前方，滿臉疑惑。

「他們，他們怎麼了？」二娘問。

李三郎和牛郎突然跑了起來。

五、

廚房很乾淨，東西收拾得很整齊。

這不是一天兩天就能洗刷出來的乾淨，也不是弄亂了之後才特意擺放好的整齊。

柴、米、油、鹽、醬、醋、鍋、碗，全都保持在立刻可以使用的狀態，放置在固定的、最順手拿取的地方。

走進這間廚房，誰都可以感覺到廚房的主人對於自己在這個地方所做的每一件事情都充滿了敬意和熱情。

平常人家絕見不到這樣有條有理的廚房。

觀察了四十年，就連后羿也不得不承認二娘在廚房裡有著極好的習慣。

所以他一定要來這裡看一看。

一個人的習慣所能透露出的訊息，往往比話語還多。

后羿最先注意到的，是四隻碗。

這四隻碗才剛洗好，摸上去還帶著微微的水氣。

二娘是不會在兩個人的飯桌上擺四隻碗的，四隻碗，就代表四個人。

——這說明她不但已經見到了牛郎和織女，還一起吃了頓飯。

有煮飯，就會用到灶。

后羿舀起一碗水，喝了一口，走到灶前。

灶門半掩著，沒有完全關上。

他蹲下來打開它。

柴火已經被澈底澆熄了，連灰燼都已冷卻。

被這樣澆熄的柴火，短時間內幾乎不可能再升起火來。

——所以她知道自己有一段時間不會用到灶，最少今天不會。

而且依照灰燼冷卻的情形來看，她在澆熄柴火的時候非常地仔細，並不像是一個心慌意亂的人。

——這就代表無論李三用了什麼理由讓她離開，她都欣然接受了。

后羿站起來，又喝了一口水，環顧四周。

瓶瓶罐罐都還在，燒菜要用到的作料一樣都沒少。

——也就是說，她要去的地方不需要自己煮飯來吃。

后羿大口喝完剩下的水，手猛然往外一揮。

「匡啷」一聲，在碗的碎片落到地面上之前，廚房裡已沒有了人影。

六、

樹。

一棵不尋常的樹。

這棵樹的葉子是黃的，枝杈多而長，樹幹筆直，就和旁邊的樹沒有兩樣。

不尋常的是，這棵樹的下面坐著一個嬌美柔弱、誰見誰心疼的姑娘，滿身泥巴，手裡還拿著一枝箭頭看起來鋒利得只要一碰到就會讓血像是泉水般湧出來的箭。

天底下無論什麼地方出現了這樣一位姑娘，都會立刻變成一個不尋常的地方的。

二娘和織女靠近的時候，姮娥正站起身來，對牛郎說：

「讓我跟你們走吧。」

牛郎搖頭：「我不覺得這是個好主意。」

二娘嚇了一大跳。

她雖然不認識姮娥，卻可以看出這位姑娘非常需要人幫助，他們怎麼能丟下她一個人在這裡？

「等一下，等一下。」二娘急急忙忙繞過李三郎。

她問姮娥：「妳怎麼了，發生什麼事？」

「她在躲她丈夫。」回答的是牛郎。

「啊？」二娘忽然懂了：「你是在勸她回去嗎？」

她想了一下，取下裝水的皮囊，打開來遞給姮娥。

「喝點水？」

姮娥默默地看著二娘，眼神好哀傷，好哀傷。

二娘等了一會，見她不回答，又問了一次：「喝點水？」

她瞥了瞥姮娥手中的箭：「我幫妳拿著？」

姮娥似乎不太願意放開，又盯著二娘看了好一陣子，才點點頭。

她把箭交到二娘手上，接過皮囊，用嘴輕輕沾了一下。

「別客氣啊。」二娘說：「我們等一下會經過一道瀑布，不用怕水不夠。」

姮娥的雙手微微發顫，又沾了一口。

「你看她害怕成這樣。」二娘轉過身，很認真地對牛郎說：「一個女人要離開一個男人，一定有很好的理由，你不能硬是逼她回去的。」

牛郎苦笑。

這個誤會，實在是沒有辦法解釋。

「妳別擔心，就跟著我們吧。」二娘輕輕拍拍姮娥：「像妳這樣的姑娘，絕不怕找不到一個疼妳的男人。」

七、

姮娥哭了。

她的確遇過那樣的一個男人。

可是他變了。

一直到聽見他在樹林裡對他們說的話，她才發現原來那個男人真的會騙她。

她大口大口地喝起皮囊裡的水，就像是喝著心中的哀愁。

她一直喝，一直喝。

水總會喝完的，哀愁卻好像沒有吞盡的一天。

姮娥不知道自己要去哪裡，也不知道以後的日子該怎麼過，她更不知道自己做的決定究竟對不對。

她好像什麼都不知道了。

她只知道，她不想要孤孤單單一個人。

所以她跟著他們走。

后羿正追著他們，如果她不想見到后羿，就應該離他們愈遠愈好。

可是她好想，好想后羿。

她自己也無法解釋這種感覺。

在他身邊和離開他，她真的不知道哪一件事情更難受。

她真的不知道。

第十一章　現實

一、

一路上，李三郎已經發現了十七個可以埋伏后羿的地方，其中三個，他甚至有信心能在后羿發現敵人之前就先解決他。

很久很久以前，李三郎就明白一個道理——先發制人，後發制於人。

所以他才能當上皇帝。

可是後來，他漸漸地懈怠了，漸漸地忽略了某些事情。

其實他心裡明白那不是真的忽略，而是他自己欺騙自己，以為什麼都不做的話，擁有的一切就都不會改變。

所以他才會讓安祿山坐大。

所以四十年前，他才會像在洪水裡翻滾的狗一樣地逃命。

現在，他又在逃命。

他不想再逃。

四十年前千軍萬馬也擋不下安祿山，但現在不同。

現在他只需要一張弓。

一張弓加上幾枝箭，再找個好地點，他就可以結束這可笑的一切。

可是他沒有弓，現在他什麼都沒有了。

除了二娘。

二、

李三郎彷彿感覺到一股消失了很久很久的熱血，又開始在身體裡流動起來。

也許他不需要一張弓。

也許他需要的，就只是他自己。

他將牛郎拉到一邊：「拜託你一件事。」

牛郎的回答簡單而明確。

「不行。」

李三郎奇道：「我還沒說啊？」

「看你的表情就知道了，你現在的臉和當年決定斬草后時一模一樣。」

「你看過？」

「天上的人都看過，那是大事。」牛郎說：「你這種表情並不常見。」

李三郎苦笑：「你不能不承認，有些事一定得做。」

「你要怎麼和她解釋？」

「不用解釋，我都想好了。」李三郎說：「我會說有東西忘了拿，你們先走，如果五天之內我沒有到鎮上找你們，就是我迷路了。」

他說：「那我就會按原路回到她的小屋去。」

「五天？」

「對，我想拜託你，五天之內不要讓她回來。」

「好讓你去死？」

「我不會死。」李三郎說得極有信心：「后羿的優勢是弓和箭，我只要找段合適的樹枝作兵刃，埋伏他，靠近他，他未必奈何得了我。」

「那為什麼要五天？」

「以防萬一而已。」

「萬一你死了，不想讓她知道？」

「那不會發生。」

牛郎長長嘆了口氣。

「那會發生，而且是一定會發生。」他緩緩地說：「你不知道后羿的可怕。」

「我已經見識過他的箭法，他不會有出手的機會。」

「靠近他也沒有用，我說的不是箭。」牛郎連連搖頭：「你想保住金釵的唯一辦法，就是走，走得愈遠愈好。」

李三郎忍不住問：「你說得好像我一點機會也沒有？」

「不是好像，是事實。」

「什麼是事實？」

牛郎沉默了半晌，問：「是不是我不告訴你的話，你就一定會去？」

「不管你說不說，不管你說什麼，我都一定會去。」

「很好。」牛郎點頭：「那我只能用行動說服你。」

三、

從天而降的瀑布如白練，遍地紅葉如血。

姮娥靜靜地站著，靜得就像是她腳下那塊經年累月被流水不停沖刷的石頭。

她望著瀑布，看見的卻不是瀑布。

她看見的，是個身穿白衣的男人起舞般揮動手中的三尺秋水，每當寒光一閃，彷彿就有一串鮮紅的血珠隨著他的動作激射而出，灑落滿地。

牛郎對織女說：「我和李三要活動一下筋骨，很快就回來，妳們喝點水，休息一下。」

然後他和李三郎就走了。

二娘已經滿身是汗，實在不能理解他們怎麼還想活動筋骨，不過這種問題自然不能拿來問一個不太熟的男人。

所以等到牛郎走遠了，她才偷偷地問織女。

織女笑著把她拉到姮娥旁邊，坐下。

「姊姊，妳不懂男人，對吧？」

二娘交談過的男人只怕一隻手就數得出來，要說她懂男人，就連她自己也不會相信。

她很認真地點頭：「是啊。」

織女說：「男人就像個大孩子，都是愛打打鬧鬧的。」

「是嗎？」

二娘開始回想她遇過的男人，但不知道為什麼，滿腦子想到的都是李三郎所說的玄宗。

「不像啊。」她說。

「不是每個男人都像。」

「怎麼樣的男人才會像呢？」

「如果一個男人把妳當成很親近很親近的自己人，就會像了。」

織女看得出二娘不懂，所以她繼續解釋。

「男人也是人，也會害怕受傷害，愈怕受傷害，就愈是會表現得很有尊嚴來保護自己。」她說：「只有在自己人面前他才不會害怕，才能毫無保留地展現他自己。」

二娘更不懂。

「展現他自己，就會像個大孩子？」

「當一個人毫無保留展現自己的時候，是不是就可以說他很純真呢？」織女問二娘：「孩子是最純真的，那麼一個純真的人，是不是就會像一個孩子？」

二娘想了一下，點點頭，終於同意了。

可是她又忽然說：「不對。」

「哪裡不對？」

「照妳這麼說，女人不也是一樣的嗎？」

織女笑了：「對，沒錯。」

她說：「妳說的一點都沒錯。」

姮娥知道，織女的話至少有一半是要說給她聽的。

因為一千多年前牛郎第一次踏進長生殿，興奮得大呼小叫、到處跑來跑去的時候，她就對織女說過一模一樣的話。

那時候織女一發現有個陌生人正看著他們，立刻把牛郎拉回身邊，臉紅得不能再紅。

那時候織女還是個小姑娘。

現在那個臉紅的小姑娘已經可以安慰別人了，而當年安慰別人的她，卻無法面對自己曾說過的話。

后羿已經不是大孩子，她和后羿已形同陌路，這就是織女幾百年來不斷想告訴她的事。

姮娥輕輕褪下襪子，撩起裙襬，將腳浸入流水之中。

流水從她的腳趾之間穿過，雖然冰冷，卻溫柔地就像是一雙情人的手。

——為什麼連流水都比他溫柔？

四、

牛郎帶著李三郎，經過一棵又一棵的樹。

每經過一棵，牛郎就停下來往樹上看一看。

「你在做什麼？」李三郎問。

「幫你找兵刃。」

「你不是要阻止我，怎地又要幫我找兵刃？」

「不是要讓你去對付后羿的。」

「那是？」

「我。」

牛郎縱身一躍，兩腳接連在樹幹上一點，雙手抓住一截樹枝，一折，一扭，一轉，帶著樹枝輕飄飄地落下。

他握住斷口的那一端，「呼呼呼」地揮動剛折下的樹枝從樹幹旁擦過，原本在樹枝上紅紅黃黃、將落未落的葉子，立刻化作蝴蝶般滿天飛舞起來。

等他停下動作，樹枝上已經沒有半片葉子，甚至連一點分岔也沒有。

他將樹枝倒轉半圈，遞向李三郎。

「我知道你練過太宗傳下來的秦王劍。」他說：「在這裡，你不可能找到比這更趁手的兵刃了。」

「你連我練過什麼都知道？」李三郎接過樹枝，轉了轉手腕。

「我知道，后羿也知道。」牛郎說：「在天上你會有很多時間可以看著人間的一舉一動，更別說你的身分特殊，所有人一定都會注意你。」

「你究竟在打什麼主意？」

牛郎向後退了一步，兩手向外一攤。

「打倒我。」

「什麼？」

「兩百招之內打倒我，我就讓你去。」

「為什麼？」

「因為后羿要打倒我，最多只需要兩百招。」

「我懂了。」第三個「了」字出口的同時，李三郎翻腕朝牛郎便是一刺。

這樹枝既長且直，又硬又韌，兩邊雖無鋒，若刺得實了，一樣可以在人身上刺出一個透明窟窿出來。用兵刃偷襲赤手空拳的人本不是他會做的事，但是從牛郎的動作和手勁之中，他看得出不要說兩百招，光是打倒牛郎就已經十分困難。

更何況他本來就要埋伏后羿，只要證明他有能力打倒后羿、讓牛郎心服，無論用什麼方法，都不能算太超過。

所以他出手了。

「劍」在半空中慢了下來。

李三郎出手的去勢未衰，這「劍」不應該慢的。

他雖然打定主意要將「劍」尖停在牛郎的咽喉之前，現在卻遠遠還沒到那個時候。

「劍」慢了，只因為牛郎更快。

牛郎的動作不大，只不過向前踏了半步。

電光石火般的半步。

半步就已足夠。

他的身子一沉，兩手向上一托，左手扣住李三郎手腕，右手扣住李三郎的手肘。

「啪噠」一聲，樹枝在牛郎的身後落地。

一直到牛郎鬆開手，李三郎才說得出話來。

「好……好快。」

「你的心不誠，志不堅。」牛郎側過身，指著地上的樹枝：「再來。」

李三郎望著樹枝發怔，怔了半晌才長長吸了一口氣，又長長吐出。

牛郎說的沒有錯，剛才他並沒有真的想打倒牛郎。

他繞過牛郎，彎腰撿起樹枝。

就在他起身的一瞬間，樹枝竟然從他的腋下倏地向斜上方穿出。

沒有人能想到他會這麼做，就連牛郎也沒有想到。

隨著轉身，李三郎將全身的力量都凝聚到了「劍」尖之上。

他學得很快。

這一瞬間，他的心已誠，志已堅。

他沒有去想這一劍會對牛郎造成多大的傷害，他知道他不能去想。

他這一「劍」就是要打倒牛郎，沒有人可以阻止他，沒有人可以將他這一劍擋下來。

就連他自己也不能。

所以牛郎沒有去擋。

這次他連手都沒有抬，順著李三郎轉身的方向，幾乎是貼著樹枝轉了半圈。

李三郎再想把「劍」勾回來，也來不及了。

他就像是故意用背部猛力去撞地面一樣，「碰」地一聲摔倒在地上。

塵土飛揚。

一片沙霧之中，牛郎向李三郎伸出手。

李三郎嘆了口氣，將樹枝丟向一邊，握著牛郎的手站了起來。

「你也不用太難過，我練了超過一千年。」牛郎說。

若不是親身嘗試，李三郎絕不會相信他們之間的差距有多麼巨大。

不過試過之後，他卻又不能相信竟然有人能在兩百招之內打倒牛郎。

「你真的打不過后羿？」

「我會的一切都是他教的，以前他沒那麼混帳。」

「那也不代表……」

「別再白費心思，如果后羿要殺我，甚至不用八十招。」

李三郎說不出話了。

他從來沒有遇過牛郎這樣的人，也從來沒有遇過這樣的事情。

他的身邊曾經圍繞著很多人，有些是為了錢，有些是為了權，更多的是兩者都要。

但是現在他什麼東西都沒有。

靠近他唯一可能得到的，就是跟著賠上一條命。

雖然他們會再活過來，然而被利箭刺進皮膚、穿過身體，仍然是一件非常痛苦的事情。

他知道，因為他經歷過。

更別說被弓弦絞死，或是被活活打死，他光想就知道那絕不會比被箭射個對穿好到哪裡去。

可是牛郎來了。

離開了永遠年輕的天上，挑戰著無法戰勝的敵人，他來了。

誰會不為了錢，不為了權，不為了任何事情，犧牲自己、放棄原本安穩的生活來幫助另一個人？

李三郎心裡忽然浮現了一個他很久很久以前就已經知道，卻幾乎不曾懂過它的意思，更從來不曾成為現實的詞。

「朋友……」眼淚不知怎地就泛滿了李三郎的眼眶。

人是不是總會在意想不到的時候，和意想不到的人成為朋友？

李三郎說：「你是我活在這個世界上，第一個朋友。」

牛郎的表情一向是平平靜靜、很少笑的，不認識的人看了，甚至會以為他在生氣。

現在他的表情仍然很平靜，眼裡卻充滿了溫暖的笑意。

他拍拍李三郎的肩膀，手掌穩而有力，沉，卻不重。

「走吧。」他說：「有人在等著我們。」

「不管將來我和阿環怎樣，只有你有需要我的地方……」

「別說了。」牛郎打斷他：「若當我是朋友，就不用說這些。」

這個時候，一個冷如箭鋒的聲音從他們身後傳來。

「我勸你別把他當朋友，他最會出賣的就是朋友。」

五、

「他們好慢啊。」織女用腳踢著水，終於忍不住說：「我們沒時間了。」

「也許他們玩得很開心，忘記了？」二娘問。

織女又是好氣，又是好笑。

「他們是大孩子，不是小孩子，更不是……」

她沒有再說下去，因為她忽然擔心起來。

長久生活在一起的人，彼此經常都會有一種外人無法理解的感覺。

孩子在家裡想吃糖葫蘆，爹娘竟然就剛好買回來了，丈夫在外頭想吃紅燒肉，回到家發現妻子煮的正是他想了一天的東西。

這種感覺並不一定要在雙生子之間才會出現的。

織女很久很久以前就發現自己和牛郎之間有著這樣子的感覺。

現在她就可以感覺到，牛郎一定碰到了麻煩。

——他們的麻煩只有一個。

「我去找他們好了。」織女說。

「好啊，一起去吧。」

「不，你們留在這裡。」織女用裙襬擦乾腳上的水：「如果我和他們錯過了，告訴他們別來找我，我找不到他們就會自己回來。」

六、

李三郎立刻轉身，想撿起剛才被他丟到一旁的樹枝。

無論他和后羿之間的差距有多大，他都不能眼睜睜地讓后羿拿走金釵。

那是他欠二娘的，早在他決定回到人間的那個時候就已經欠她了。

他再也無法忍受四十年來充斥在他心裡的那股混雜著思念和愧疚的撕心裂肺的感覺，他絕不允許自己再一次讓她失望。

即使后羿一招就能殺了他，他也要和后羿拚命。

可是他還沒碰到樹枝，就看見黑影一閃。

「啪」的一聲，樹枝斷成了兩截。

兩截樹枝中間斜斜插著一枝箭，箭身一半沒入了地面。

樹枝甚至連跳都沒跳一下。

「不要再浪費我的時間。」后羿的箭對準的是牛郎。

他一個字一個字地問：「姮娥在哪裡？」

第十二章　箭尖

一、

日正當中。

陽光底下，所有的東西都能看得一清二楚，沒有死角，沒有遮蔽，沒有陰影。

李三郎卻彷彿落入了一片無邊無際的黑暗。

但是他還沒有放棄，他不是一個會隨隨便便說放棄的人。

他已準備要衝向后羿。

牛郎先一步拉住了他。

他說：「她好手好腳，又沒有被綁住，想去哪裡就去哪裡，我怎麼會知道？」

「胡說！」后羿一聲暴喝，手一鬆，箭離弦。

牛郎不動。

——后羿的內心絕不像外表看上去的那麼失控，既然一開始沒有從後面攻擊他們，那麼非到必要的時候，也不會傷他。

他的判斷沒有錯。

箭從他耳邊呼嘯而過，后羿怒道：「我和她立過誓願，若不是你們蠱惑了她，她怎麼敢離開！」

「長生殿根本就不會管我們有沒有遵守誓願，她為什麼不敢離開？」牛郎問：「難道你會害怕？」

「要害怕的是她。」后羿冷笑：「自古夫婦倫常，夫為妻綱，她做出這種事情，天地不容。」

「她已經獨自生活五百年了，你都不覺得天地不容，一次都沒有去找過她，為什麼現在忽然又想找她？」

「丈夫找妻子還需要理由？」

「五百年前，是你要她離開的。」

「我沒有要她離開。」

「沒有？」

「我只是暫時不想見到她而已，等我想見她了，自然會要她回來。」

「現在你想見到她了？」

「妻子待在丈夫身邊，本是天經地義的事。」

「原來你想要她待在你身邊啊。」牛郎一副恍然大悟的樣子：「你射了她一箭，我還以為你想趕她走。」

「我是要警告她，不是要射她，她很清楚，你應該也很清楚。」后羿的眼中充滿挑釁：「我如果要射一隻停在牛背上吸血的蚊子，流下鮮血的絕不會是那頭牛。」

李三郎幾乎聽不下去了。

什麼樣的人會拿箭對著自己的妻子，竟然還吹噓著自己高超的箭法？

這樣的人為什麼能夠進到長生殿？

難道長生殿要的只是人們立下誓願，根本不在乎人們是否真心？

牛郎卻好像一點都不疑惑，甚至連一絲絲的厭惡都看不出來。

他竟然說：「我懂了，就像剛才那箭也不是要射我。」

后羿哼了一聲。

「你說的很有道理，本來我還懷疑的，現在我確定了。」牛郎又說。

后羿盯著他：「懷疑什麼？」

「你沒有要射她。」牛郎點了點頭：「你確實沒有要她離開。」

「當然。」

「你真幸運。」牛郎很誠懇地說：「還好我們在這裡等你，不然這誤會就大了。」

他們會在這裡等著后羿已經是一件很奇怪的事，其中若還能有什麼誤會就更奇怪了。

所以后羿立刻皺起了眉頭：「什麼？」

「按照你的想法，你警告姮娥之後，她就乖乖聽話了，然後我和織女卻勸她離開你，是不是？」牛郎問。

后羿冷冷地說：「難道不是？」

「不是，完全不是。你忽略了一個很重要的事實。」

「哦？」

「我知道你的箭法有多準確，姮娥卻不知道。」

「她當然知道。」

「她不知道。」牛郎搖頭：「你在戰場上大發神威的時候，天上所有的人都看見了，只有姮娥看不見。」

后羿忽然沒了聲音。

他已經發現牛郎說的並沒有錯。

天上可以看見人間的任何角落，人間卻只能看見自己的身邊。

后羿在人間，就代表姮娥也在人間。

可是他無法接受身處戰場卻得為一個女人分心，每次都會將姮娥安頓在一個很遠很遠，絕不會影響到他的地方。

「她沒有親眼見過你的箭法，怎麼知道你其實不是要射她？」牛郎說：「我們一遇見姮娥，她立刻抱著織女一直哭，一直哭，嘴裡還不停說著：『他要殺我，他要殺我。』」

后羿的臉彷彿變成了鐵青色，卻又在一瞬間變成了暗紅色。

「愚蠢！」

「以織女和姮娥的交情，我們當然是不能讓她一個人到處亂闖，可是你又要找到李三了，於是我們就和她約好了一個地方，等我們解決李三的事情再去找她。」

后羿的聲音一沉：「你告訴我她走了，只因為你很確定我找不到她。」

「是的。」

「我找不到她，當然就會回來找你。」

「是的。」牛郎淡淡地說：「這段時間已足夠做很多事情。」

什麼事情？

牛郎沒有再說下去，只是靜靜地看著后羿。

人對於自己想到的答案總是比較相信的，與其多說什麼，不如讓后羿自己說服自己。

言語一向是很有用的武器，在懂得使用的人手裡，威力甚至遠超過刀槍劍戟棍棒戈矛。

后羿也看著牛郎，看了很久，忽然笑了：「你也忽略了一個很重要的事實。」

「哦？」

后羿的眼裡充滿譏嘲，好像剛剛聽見了一個白痴在說他做的夢。

「你們打也打不過我，逃也不可能逃得掉，就算我將你們吊在樹上，一枝箭一枝箭把你們的腳趾頭慢慢射下來，你們也沒有任何辦法。」

牛郎也笑了，笑得極有自信。

「我們本來就是要你這麼做。」

后羿一怔：「什麼？」

「我已經將金釵藏起來，而織女帶著楊玉環往蜀郡去了。」牛郎說：「我們留在這裡就是要幫她們爭取時間。」

后羿毫不掩飾他的鄙夷：「她們又能做什麼？」

「你不知道她們能做什麼？」

牛郎笑著一屁股往地上坐下去，用手肘撐著大腿，手掌托住下巴：「你看習慣姮娥了，不曉得天上的每一個女人到了人間都足以讓一整個國家的人為之瘋狂嗎？」

他問：「如果一個這樣的女人滿臉憔悴，一身風沙，哭著說她在山裡面遇到強盜，她的兄弟拚著與強盜同歸於盡才讓她逃出來，現在生死未卜，請你趕快想辦法救救她兄弟，你會不會見死不救？」

他很認真地問：「你想蜀郡三大世家的公子會不會眼睜睜看著這個說有多可憐，就有多可憐的女人心碎？」

「三大世家也奈何不了我。」

「當然，當然。」牛郎點頭：「但是你還沒有培植起勢力，一下就得罪三大世家，還想找誰來幫你打天下？」

后羿的額頭登時冒出了汗珠。

這句話顯然對他造成了壓力。

李三郎完全沒想到牛郎說起謊話簡直和喝水一樣流暢自然。

若非知道自己身上就有一股金釵，而且二娘、織女和姮娥就在瀑布那裡等著他們，他還真要被牛郎這一番話給說服，以為牛郎早已經算計好一切。

可是，這個謊言仍然有一個天大的破綻。

——任何一個了解牛郎的人，都不可能相信他會讓織女去色誘什麼世家的公子。

后羿會不會相信？

就算相信，局面又會有什麼改變？

「我隨便講個地點，讓你找上十天半個月是很簡單的，而且我們已經和姮娥約好，一個月之內我和織女若沒去找她，她就要立刻離開，到時候她要去哪裡，就沒有人知道了。」牛郎說：「可是既然你沒有要殺姮娥，我也希望你和她誤會冰釋。」

后羿沉默了半晌，終於問：「你想怎樣？」

「你讓他去找楊玉環，不再為難他們，我帶你去找嫦娥。」

「沒有金釵，我怎麼確定他不會壞我好事？」

「他說的話你當然不相信了。」牛郎指著李三郎。

「我像是白痴嗎？」

「我說的話呢？」

「你？」

「我向你保證，現在他一心只想和楊玉環長相廝守。」牛郎起身，拍拍李三郎的肩膀：「如果他敢妨礙你的天下大計，就算我在天上，也會立刻下來殺了他。」

「我憑什麼相信你？」

「你可以不要相信我。」

二、

后羿的箭頭微微壓低，手也慢慢地放鬆了。

他還是盯著牛郎，眼珠卻快速地顫動。

一個人思考的時候，眼珠經常就是這樣動的。

牛郎並不著急。

他知道后羿一定要想，而且一定要想得很仔細。

如果他一點猶豫都沒有，立刻就相信了牛郎說的話，答應了牛郎的條件，那反而要換成牛郎不敢相信他了。

后羿並沒有想很久。

幾個呼吸過去，他笑了。

「我有更好的辦法！」

說到「我」的時候，他舉起箭，拉滿弓。

說到「有」的時候，箭「啪」地一聲從后羿手裡消失。

牛郎竟然好像早就知道后羿會這麼做，在箭消失前那一瞬間，他已經往右前方翻滾了一圈，挺身躍起。

箭從牛郎左臂邊飛過，只在他衣袖上留下一道長長的口子。

這個時候，后羿第三個「更」字才剛出口。

牛郎並不是等后羿出手後才決定要往哪邊閃躲的，后羿也不是等牛郎閃躲之後才決定要不要射下一箭。

說到「好」的時候，后羿又用四隻手指從箭囊裡扣住了三枝箭。

「的」字出口，箭已上弦。

「辦」字起頭，第一箭。

沒有人能說得出究竟是這箭先躍入空中，還是牛郎先開始移動，只見牛郎向左一晃，右邊的袖子又多了一道開口。

牛郎順勢又在地上翻了一圈，「法」字結尾，第二箭恰好從他背上掠過。

李三郎的反應雖快，終究比不上牛郎對后羿一千多年的了解，一直到后羿真的出手，他才有了動作。

他的動作和牛郎完全不同，沒有往左，也沒有往右，就只是直直朝著后羿狂奔而去。

牛郎要起身的時候，他正好到了牛郎的左前方。

李三郎的意思已經很清楚。

——躲是沒有用的，他會擋下后羿的每一箭每一拳每一腳，替牛郎製造機會。

這根本不能算是一個辦法，牛郎並不願意這麼做。

但是他別無選擇。

所以他咬著牙，在李三郎身後起身。

李三郎沒有中箭。

箭竟然沒有射出。

后羿忽然壓低身體，左腳為軸，右腳前踏，舉弓向後方橫掃過去。

一顆半個人頭大的石頭猛地朝他砸落下來，打在他左手肘的關節上。

射日弓「啪噠」一聲落地，他搖晃了一下，站穩。

偷襲他的這個人已經向後疾退。

這個人是用飄的，穿著一件薄如彩霞，絢麗如虹的衣服，仙女一般地向後飄。

——織女，只有織女的「霓裳羽衣」才能在不發出聲音的情形下靠近后羿。

后羿往前跨，一把抄起射日弓。

這時候，牛郎和李三郎離后羿都還有五步。

他們同時大喊：「住手！」

但是來不及了，就算來得及，后羿也不會聽的。

織女還沒有躲回身後那一片樹林，后羿的箭已經追到。

箭的破空之聲像極了帶著威脅的咆哮，卻在刺入身體時便釋放了所有的怒氣，立刻轉為絕對的沉默。

沉默之中，只有織女「啊」地一聲尖叫。

三、

「那是什麼聲音？」

「出事了，出事了……」姮娥的眼中帶著極度的恐懼。

「妳留在這裡，千萬不要過來。」她奔出幾步，又回頭對二娘說了一次：「妳千萬不要過來！」

四、

牛郎和李三郎仍在逼近，后羿一瞬間就轉過了身。

射日弓已掛回他腰畔，他的雙手各握住一枝箭，沒有刺出。

他只是調整好角度，用左手的箭對準李三郎，右手的對準牛郎，如果他們不停不避不閃，就會自己將脖子送到后羿的箭尖上。

牛郎和李三郎並不怕死，但是兩個死人是解決不了問題的。

他們立刻一左一右向兩邊分開。

后羿同時動了。

李三郎只看見白影一閃，「碰」地一聲，整個人就向後飛了出去。

鮮血弄得他滿嘴又甜又鹹又熱，落地時的撞擊更是讓他痛得連內臟都要嘔出。

他確定自己的肋骨已經斷了好幾根，不過牛郎正在苦戰，所以他很快就搖搖晃晃地站了起來。

他朝著后羿走去，前方的人卻一眨眼變成了牛郎，他想繞過牛郎，后羿又在一瞬間就到了前面。

他們的動作實在太快。

看都看不清楚，如何能插手？

李三郎只好停下來看。

他相信自己一定能習慣他們的速度。

沒有多久，他就發現后羿腳下根本沒有移動過一步，牛郎的身形不斷變幻，卻極少出手，大多只是在閃避后羿的箭尖。

再看一陣，他又發現后羿和牛郎的身影會交錯得那麼快，是因為他自己已經連站都站不好了。

他的心愈來愈急，身體卻愈來愈冰冷。

然後他就看見了織女。

她躺在地上，一動也不動，左邊的胸口筆直地插了一枝箭。

沒有人能在這樣的情況活下來。

不應該這樣的。

事情不應該是這樣子的。

一把怒火猛然從李三郎的胸口延燒開來，彷彿那一箭射中的不是織女，而是他。

他甚至聽見了怒火燒著箭桿發出的「嗶剝嗶剝」的聲音。

不應該有任何人死的，織女不該死，阿環不該死，千千萬萬的軍士百姓更何其無辜。

四十年前是安祿山，現在是后羿，多少家庭破碎，多少顛沛流離，就只因為他們妄想得到天下。

他們根本不明白，當了皇帝之後，命就不是自己的了，妻子也不是自己的了，孩子也不是自己的了，什麼都不會剩下，連自己都不會認得自己了。

他只是想要和心愛的女人平平靜靜地過日子而已。

他只是希望和別人一樣有個平凡的家，看著孩子平平安安長大而已。

這本來就是天底下每一個角落時時刻刻都在發生的事情，他的願望絕不能算過分。

他卻幾乎為這個願望付出了一切。

他究竟虧欠了誰？

一滴溫熱的液體濺上李三郎的臉。

后羿的白衣上多了幾點鮮紅，牛郎的動作已經開始變慢。

八十招還剩多少？

那把足以毀天滅地的烈火，一瞬之間燒盡了李三郎所有的理智。

他回頭，狂奔。

后羿一箭刺出，逼退牛郎，大喝：「哪裡走！」

牛郎立刻欺身而上，擋下后羿。

他的聲音和他的臉色一樣蒼白：「你的對手是我。」

李三郎沒有聽見。

身後的一切，他都聽不見，也看不見。

現在他只想看見一樣東西。

五、

進了樹林，那枝箭就釘在一棵與世無爭的樹上，就在和牛郎胸口一樣高的位置。

如果牛郎沒有躲開，這枝箭是不是又要取走一條性命？

李三郎一揮手，抓下箭，就看見姮娥一臉驚慌，朝他奔來。

他正是要找她！

他往前一竄，扣住了姮娥的肩頭，用箭尖指著她的喉嚨。

「跟我走。」

他的動作並不溫柔，聲音也不和善，他沒有要徵求姮娥的同意。

想不到反對的是二娘。

「你在做什麼？快放開她！」

李三郎急忙說：「我不會傷她！」

話一出口他就後悔了，這樣的話當然是不能讓姮娥聽到的。

二娘卻一點也不理解他：「那你為什麼拿箭指著她！」

李三郎無法解釋。

「我……」

「妳不要再問了。」姮娥流下了眼淚：「這是我的錯，是我對不起你們。」

二娘瞪大眼睛：「妳對不起我們？」

「不要再問了，總有一天妳會知道的，現在回去還來得及，不要再往前了。」

「妳……妳……你們……」

「李三，快走吧，我們一定要阻止他。」姮娥說著，竟然把李三郎的手往自己拉近，幾乎讓箭尖貼到了她頸邊。

她的手在發抖，聲音也是。

「要做，就要做得像一點。」

第十三章　鮮血

一、

牛郎的視線漸漸模糊，已分不清流進他眼裡的究竟是鮮血還是汗水。

他唯一能確定的是自己就要死了。

后羿的左手正由下而上斜刺他右肩，若他一擋，箭尖便會藉著他自己的力量點向他的咽喉。若他閃避，后羿的右腳就會踢上他的小腹。

何況還有右手。

他根本看不出后羿的右手會如何移動。

這不是天底下任何一家一派的招數，人間所有的招數牛郎都已見過。

這是后羿在用了幾十招引導牛郎的動作之後，才終於讓牛郎落入的無法可解的境地，早在他還忙於應對后羿的一招一式時，后羿就已經設計好了結局。

牛郎不得不承認，后羿在這方面的確是千年難得一見的奇才。

——為什麼他不能多花點心思在身邊的人上面？

牛郎忽然想起織女。

她就躺在不遠的地方，但是他不能分心去看。

他只能在三天之後抱著她，告訴她：「對不起，我失敗了。」

他可以想像織女的回應。

她一定會很難過，不過不會表現出來。

她會親一親他，很溫柔地對他說：「不，是我們失敗了。」

然後她會立刻打起精神，好好安慰楊玉環和李三郎，因為他們吃的苦已經太多。

和楊玉環、李三郎比起來，他和織女實在太幸福了。

想到這裡，牛郎便不禁打從心裡微笑。

織女就是這樣子的，平常好像有點任性，有點搞不清楚狀況，有時候甚至還會不太講道理，可是當有人需要她的時候，又會變得比任何人都還要細心，比任何人都還要堅強。

他已經等不及要緊緊地抱住她了。

因為他知道，當織女安慰別人的時候，也就是她最需要安慰的時候。

后羿的箭準確地刺入牛郎右肩的骨節，截斷了他的筋。

牛郎陡然吸了口氣，悶哼一聲，全身的肌肉在一瞬間收縮。

這絕對是一種錯誤，肌肉如果緊繃，身體就會僵硬，力量就不可能發得出來，無異於自尋死路。

可是沒有差別了。

后羿的右手已經像落日時分的風，吹拂著漫天雲霞無聲又迅速地移動，掃過的每一道傷口都是一片紅雲，激起的每一朵血花都是一縷霞光。

牛郎閉上眼，靜靜地等待一切的終結。

沒有人能對抗風的力量，也沒有人能抵擋后羿的殺手，萬物終將在風中消散，與后羿作對的人也將一個個死去。

當夕陽沉入地平線之下，風仍不會停歇。

這個時候，風中傳來了李三郎的大吼。

「姮娥在我手上，快住手！」

風悄無聲息地停了。

牛郎還沒有死，他還很清醒。

可是他終於倒了下去。

二、

姮娥不用假裝，聲音就充滿了顫抖。

「他……他手上有箭。」

后羿看得見。

短短的一截箭頭從姮娥的肩上露出，指著她頸邊。

她的頭髮已經亂了，隨風輕飄的髮絲擋住了李三郎的臉。

后羿盯著李三郎，兩人的眼中都有著火花般的憤怒迸射而出。

如果人的目光能化為實體，他們都已死了千百次。

后羿忽然拋下左手的箭，握住腰邊的射日弓。

李三郎大喝：「放下！」

后羿舉起弓，搭上了箭。

「羿……」姮娥的聲音細不可聞。

李三郎立刻將臉藏到姮娥的頭後面，這是他全身唯一沒有被姮娥遮擋住的部位，也是后羿唯一能攻擊的部位。

可是他突然想起了后羿的話：

「我如果要射一隻停在牛背上吸血的蚊子，流下鮮血的絕不會是那頭牛。」

這會不會是真的？

李三郎心念一動，才將箭頭微微往旁一偏，一枝箭就從姮娥的肩上，箭頭原本在的地方竄了過去。

幾絲漆黑如墨的頭髮跟著揚起，飄開，緩緩落下。

「你不顧她死活了嗎！」李三郎怒道。

后羿冷冷地說：「你傻了？她死了也會活過來，你竟然想以她的性命要脅我？」

「我不會殺她，我會折磨她。」

「你對她做任何事都沒有意義，終究要放她走。」

「箭刺在她的身上也沒有意義？」

「死而復生後，連傷痕都不會有。」

「那她的痛若呢？害怕呢？」李三郎將箭尖貼上姮娥頸邊：「也都沒有意義？」

「救我……」姮娥的聲音恍若呼喚，又似是哀求。

后羿無動於衷。李三郎心裡卻忽然湧上來一陣洪流般的情緒，幾乎要將他整個人都給淹沒。

姮娥的那聲「救我」，好像變成了楊玉環的聲音。

他終於明白，楊玉環四十年前在馬嵬驛是什麼樣的心情。

她不怕死，她根本就不在乎生死，她要的並不是扭轉局勢，只是希望深愛的男人能夠為自己站出來而已。

就這樣而已。

從旁人的眼裡看來，這是多麼簡單，多麼自然的事。

可是四十年前，李三郎沒做到。

四十年後，后羿沒做到。

姮娥忽然動了。

她雪白的脖子上瞬間多了幾顆鮮紅的血珠，在陽光下閃動著奇異的光芒，一滴滴滑落胸口，就像一串寶石般耀人奪目。

她的動作極小，從幾步之外絕看不出她曾動過，而且沒有人會將自己的脖子往箭上湊上去的。

無論誰看見了，都會認為是李三郎將箭刺進了姮娥的脖子。

「羿……」無論誰聽見了，都可以知道姮娥有多麼害怕。

但是，只有后羿不知道她害怕的是什麼。

又或許他知道，只是他根本不在乎。

「我叫妳待在那裡。」

「什……什麼？」

「上一次，妳就是這樣壞了我的好事。」后羿的聲音比箭鋒還冰冷：「妳還沒有學到教訓嗎？」

姮娥的心中好像有千言萬語想辯駁，卻一個字也說不出。

「幸好這次妳阻止不了我。」后羿伸手，從背後抽出一枝箭。

「李三，你最好立刻放開她。」他淡淡地說：「否則，為了等她活過來，我就必須殺你兩次。」

這句話的意思已經很明顯，每個人一聽就會懂的，不過李三郎仍不由自主地把每一個細節都想過了好幾遍。

是他聽錯了，還是后羿真的說了這句話？

要等姮娥活過來，就代表姮娥會死。

可是殺了姮娥對李三郎一點好處也沒有，他當然不會笨到殺她。

可是李三郎在姮娥後面，如果后羿用箭射穿姮娥的身體，他絕對躲不掉。

李三郎幾乎不敢相信這唯一可能的答案。

「你……你要殺她？」

后羿緩緩將箭頭對準了姮娥：「我可以不殺她。」

后羿是虛張聲勢，還是真的狠下了心？

他是不是真的會對姮娥下手？

李三郎還沒想清楚，后羿的眼睛忽然往旁邊瞄了一下，嘴角同時變得像是獅子發現獵物一樣猙獰。

李三郎全身的汗毛登時都豎了起來，他已經想到了一件很可怕的事。

他轉頭，就看見二娘不知道什麼時候離開了原本躲著的樹木後面，露出一大半身子，正滿臉焦急地看著他。

「快走！」他一聲大喊，整個人向旁撲了出去。

后羿的箭同時離弦。

李三郎還在空中。箭頭從他的背穿過身體，從腹部冒出來，停住。

他的眼睛一直沒有離開二娘，他有好多好多話想說、有好多好多事情想解釋。

不過他只是又輕輕說了一次：「快走！」

輕得有如嘆息。

然後他的胸前忽然又多了三枝箭，就像從他身體裡長出來的一樣。

他忍著，沒有叫出聲，因為他不想讓二娘擔心。

他沒有忍很久。

等到他落地時，已經什麼聲音都不會發出了。

三、

姮娥「碰」地一聲，坐倒在地。

二娘飛也似地跑出樹林。

「三郎，三郎！」

她在李三郎身旁跪下，將他的身體翻向自己。

箭還在李三郎體內，這一翻動，鮮血立刻泉湧而出，流過四周的泥土，也流上了二娘的衣服。

「三郎！」

李三郎沒有回答。

他的眼裡好像還充滿著擔憂，還在吶喊著要二娘快走。

二娘用手按上他的傷口，彷彿這樣子就能把血止住，可是當她按住一邊時，血卻從另一邊更激烈地冒出來。

「三郎……」

二娘顫抖著將手指伸向李三郎的嘴唇上緣，滿手的鮮血一滴滴落下，流下李三郎的臉頰，流進他的嘴裡，也流進他的鼻道。

他顯然沒有了呼吸。

「三郎……」

二娘怔怔地看著李三郎的臉，心裡好像想起了好多好多的事情。

是什麼事情？

「陛下……」

一陣暈眩襲來，二娘就昏了過去。

后羿經過姮娥，在二娘旁邊蹲下，從她頭髮裡抽出了那被當成木簪子的一股金釵。

姮娥怔怔地看著前方，彷彿周遭發生的一切和她都已沒有任何關係。

她沒有流淚，沒有說話，臉上沒有任何表情，就連后羿走到她身旁抓住她的頭髮，她也沒有抗拒。

「起來。」

姮娥動也不動，好像沒有聽見。

后羿怒喝一聲：「我叫妳起來！」

「起來……為什麼要起來？」姮娥彷彿傻了，喃喃地好像在問后羿，又好像在問自己：「要怎麼起來？」

后羿抓著她的頭髮，猛地將她整個人一把提起。

「妳說什麼瘋話！」他用空著的手握住姮娥的下巴：「妳已經給我找了夠多麻煩，別以為我不會對妳怎麼樣！」

姮娥想點頭，可是頭髮和下巴都被后羿抓在手裡，只能微微動了兩下。

后羿放開手。

「你要殺我，我知道。」姮娥說。

「是妳自己把自己帶入這種境地。」

姮娥沉默。

「走。」

「既然你一點也不在乎我，為什麼不讓我離開？」

「誰說我……」后羿說了三個字，忽然改口：「我們立了誓願，妳不能離開。」

「所以，一切都只是誓願？」姮娥輕如耳語，慢慢地問：「只要不離開，我受傷，我害怕，我痛苦，都沒有關係？」

她問：「你殺了我也沒有關係？」

這種話，姮娥以前絕不會說的。

可是現在她說了，心裡竟有股從未感覺過的快意，彷彿用這些話就可以讓自己不受到傷害，就可以從中得到解脫。

后羿只是冷笑。

「用箭抵住妳的不是我，讓妳流血的也不是我。」他說：「剛才我如果出手，妳根本不會感覺到痛苦。」

「不會痛苦？」

「一箭穿心。」后羿說：「如果妳閉上眼睛，醒來之後甚至不會知道自己死過。」

姮娥閉上了嘴。

話已說盡，她已無話可說。

她已不想再說。

后羿狠狠地盯著她，過了半晌才猛然轉身，腰間的弓囊「啪噠」一聲撞上大腿。

「走。」

姮娥沒有走。

她為什麼要走？

走還有什麼意義？

后羿對她，又還剩下什麼意義？

后羿發現她沒跟上，又回頭罵道：「搞什麼！妳要在這裡站到什麼時候！」

「我不相信。」姮娥忽然說。

「什麼？」

「我不相信在那樣的情形下，你還能準確地射進我的心。」姮娥平平靜靜地說：「說不定你會射中我的手，我的頭，我的腰，說不定你是想讓我痛苦。」

后羿皺眉：「我為什麼要讓妳痛苦？」

「因為你要懲罰我。」

后羿二話不說，拿起射日弓，用行動代替了解釋。

一枝箭從姮娥的右耳邊飛過，在她耳邊帶起一道清風。

「我做事情是用頭腦的，妳受傷只會拖延我的行動。」后羿說：「我說一箭穿心，就是一箭穿心。」

「難道你的手不會發抖？」

「不會。」

「為什麼？」

「因為我練了兩千多年。」

「只要是人，就有可能發抖。」

「不可能。」

「為什麼？」

「說那麼多做什麼，妳到底走不走！」

「你先告訴我。」

后羿瞪著姮娥，瞪了很久，然後將射日弓舉到姮娥面前。

「這是長生殿的東西。」他指著射日弓：「妳應該知道，長生殿的東西都有各自的特性。」

「它的特性是什麼？」

「快、準、遠！」

「為……為什麼我從來就不知道？」姮娥顫聲問。

「因為女人不用懂這些。」后羿將射日弓插回腰間：「現在妳知道了，可以走了。」

「不。」

后羿怒道：「又怎麼了！」

「兩千多年了，你從來沒有告訴過我，我怎麼知道現在你沒有騙我？」

「要怎樣妳才相信？」

「我要自己試過。」

后羿大笑：「妳？妳會用？」

「我看過很多次了。」

「好。」后羿笑著將弓交到姮娥手上。

姮娥輕輕地撫摸射日弓，從握把，弓臂，底端，再到弓弦。

她將弓弦微微地拉開。

「是不是這樣？」

后羿點點頭，抽出一枝箭，交到姮娥手上。

他繞著她走了半圈，停下來，指著剛才二娘藏身的那棵樹。

「妳力量不夠，箭飛不遠，不過射那棵樹應該也夠了。」他哼了一聲：「別自己力量不夠，反而怪我騙妳。」

姮娥沒有回答，搭上箭，張開弦，瞄準。

她緩緩地吸氣，吐氣，再吸氣，吐氣。

箭一直沒有射出。

過沒多久，姮娥垂下弓，怔怔地望著那棵樹。

后羿眉毛一挑：「怎麼？」

姮娥還是沒有回答，只是慢慢地又舉起弓。

后羿順著她的動作，轉過頭，看向那棵樹。

「啪」地一聲，姮娥出手了。

箭沒有射中樹。

箭在后羿胸口。

一箭穿心。

四、

「你竟然不記得了……竟然不記得了……」姮娥走到后羿身旁，喃喃地說：「那一天從長生殿回來，是我們一起試出射日弓的特性……」

她緩緩坐下，看著后羿的臉。

「你的箭術實在太好，隨便一張弓就可以射得又快，又準，又遠，根本分不出差別。是我無意間射中了湖中的一隻大白鳥，你才終於發現的……就是那一天，我把自己給了你……」

她大叫：「可是你忘記了，忘記了！」

她用力捶打后羿的胸口。

鮮血四濺。

「你到底記得什麼！你記得說過愛我嗎？你還愛我嗎？你為什麼能毫不猶豫地說要殺我，為什麼能就這樣用箭射我？」

鮮血濺上姮娥的臉。

「為什麼我害怕的時候你一點都不在乎？為什麼我流血的時候你一點都不心疼？你有想過要救我嗎？有嗎？還是說我為你受的苦都是應該的，都是我自找的，所有的事情都是我做錯了，你永遠是對的？」

她嘶喊著，好像只有這樣才能讓后羿聽見她說的話。

「對你來說，我到底算什麼？隨隨便便找了一個人，發了誓願受了長生，就這樣而已嗎？誰都可以嗎？我就這麼不重要嗎？兩千多年了，你有一次想過我的心情嗎？有嗎！你愛過我嗎？你真的愛過我嗎？還是你連長生殿都騙了！」

她不斷地捶著后羿，不斷地捶著。

她的手很快就裂開，鮮血流出，流到后羿身上，混進了他的血裡面。

不知捶了多久，后羿胸口流出的血愈來愈少，她手上流出的血，卻愈來愈多。

姮娥終於停了下來。

她怔怔地看著后羿，眼淚直到這個時候才流下。

「你回來……你回來好不好……」

她輕輕地摸著后羿的臉，撫著，揉著，滿手的鮮血好像都變成了當年照映在他臉上的紅燭光。

「你回來好不好……」

她抱起后羿的身體，緊緊地抱住。

「你回來好不好……你回來……你回來……」

第十四章　聽說

一、

四十年前。

驛站佛堂，李隆基和楊玉環緊緊相擁。

楊玉環已經聽見了整個事情的經過，已經知道今大她不能不死。

但是沒有關係。

他們發過誓願，天上人間，永不分離。

她可以想像陛下告訴所有禁軍將士，他們生在一起，死也在一起，如果要她死，就要先殺了他。

一想到有一個男人會這樣對她，她的心裡就好甜好甜。

她會死，他當然也會死，而且很可能死得和楊國忠一樣快。

但是沒有人知道長生殿的祕密，沒有人知道等太子即位，所有人都離去之後，他們會再活過來。

那時候，他們就可以到天上去過著只屬於他們兩個人的日子。

這當然是欺騙。

可是陛下已經不適合再當皇帝了，誰都能看得出來。

這種欺騙，對所有人都好。

「阿環……阿環……」

楊玉環聽得出李隆基心中惶恐。

接二連三的打擊已經摧毀他的意志，他一輩子沒有遇過這麼巨大的失敗，到了最後，甚至連自己的性命都得交在別人手上。

此刻的他，不會比一個孩子堅強。

楊玉環吻了吻李隆基。

「陛下別擔心，我們受過長生，很快就會再活過來。」她很輕，很輕地撫摸著李隆基的背，就像以往的每一次一樣。

安祿山造反後，她已經很久沒有這樣抱著他。

她發現李隆基瘦了。

她決定到天上之後要做的第一件事情就是把他養得胖胖的，天上沒有什麼好煩惱，要把他養胖應該很簡單。

她好期待。從此，李隆基只屬於她一個人。

她感覺到他的嘴微微張開。

他是不是要說了？是不是要說他捨不得她，是不是要說他沒有辦法離開她，是不是要說他不能丟下她一個人？

楊玉環的心跳得好快。

李隆基說：「是我連累了妳……」

「別這麼說。」楊玉環又是疼愛，又是憐惜：「這一切都會過去，會過去的。」

「可是妳受苦了……」李隆基說：「我一定會回來找妳，不管五年，十年……我一定會回來。」

楊玉環握著白綾的手忽然鬆開，不過白綾沒有落下。

因為白綾已死死地纏繞在她的手上。

他們的衣服都已經髒了，上面有泥土，有汗水，有眼淚，但是白綾上頭一點東西也沒有，依舊白得像雲，白得像霧。

楊玉環的眼前好像也蒙上了一層霧。

回來找她？

她記得那一天李隆基在長生殿說，他們若是在天上，便作一對比翼鳥，若在地上，便作連理枝。

她記得他說，牛郎織女是他們的證人。

她還記得是他先說，天上人間，永不分離。

而現在他要一個人走？

原來他打算一個人走？

「只要陛下能平安，阿環受一點苦也沒有什麼關係？」連楊玉環自己也分不清她這句話究竟是哭著問出來，還是笑著問出來的。

她從來不知道一個人心碎的時候竟然會想笑。

等到楊玉環發現李隆基的表情竟然沒有任何變化，就更想笑了。

她的確應該笑的。

她曾經是那麼痴心，為了讓他振作而放棄所有，到了他身邊。

她曾經是那麼天真，以為他會愛她，就像她愛他一樣，以為在長生殿立了誓約，他們就真的永遠不會分離。

她曾經是那麼幸福，就像是身在每個女孩子對著星空所能許下的最美最美的願望裡面。

她曾經是那麼愛他。

即使他要拋下她一個人走了，她還是沒有辦法恨他。

楊玉環低下頭。

「阿環會一直……」

門外將士的吶喊打斷了她。

也好，她自己也不知道是不是真能心甘情願一直等著他，如果幾年之後他在這裡找不到她，一定會很難過的。

做不到的承諾，還是不要說出口比較好。

楊玉環推開李隆基。

「將士們不能再等了。」她說：「讓阿環一個人去吧，一定……一定很醜的。」

李隆基離開，關上了門。

白綾很柔，很軟。

白綾很冷，環繞著楊玉環的脖子就像刀鋒滑過。

楊玉環的心很平靜。

她想起第一次在車駕中看見李隆基，他正當壯年，正是人生中最巔峰最耀眼的時候。

他微笑著看向周圍的每一個人，眼裡充滿了自信，彷彿一揮手就能讓萬物齊長，養活天下百姓，一頓足就能讓敵國退去，保住社稷安寧。

她第一次發現人活在世上竟能如此堅定，如此自在。

等到李隆基對上了她的目光，她才知道原因。

那不是因為他真有能力在舉手投足間治理天下，也不是因為皇帝可以想做什麼就做什麼，相反的，那是因為他用了所有的心力，所有的青春，做了他該做的每一件事。

——因為他問心無愧。

可是他變了。

他已不再是那個他。

她只希望醒來的時候，會發現他沒有走。

她只希望醒來的時候，會發現這一切都不是真的。

她只希望醒來的時候，那個問心無愧的陛下會再出現在她面前。

她懷裡的金釵好像聽見了她的願望，發出了一陣淡淡的光。

二、

現在，被后羿奪走的那一股金釵也發出了一陣淡淡的光。

但是沒有人看見。

這個世界總是這樣的，有些事情應該所有人都要看見，卻偏偏沒有人看見。

有些事情沒有人應該看見，卻所有人都看見了。

三、

三天後，織女是在二娘的屋子裡醒來的。

她坐起身，迅速地往四周一看，就看見牛郎躺在她身邊，衣服上有著大大小小一大堆的破洞，身上的血跡已經乾成了暗褐色。

過去了，都過去了。

她低下頭，輕輕地在牛郎額頭上吻了一下。

「姊姊，妳醒了。」二娘在織女旁邊跪坐下來，眼裡閃動著喜悅的光芒，就好像真的見到了失散多年的親人。

織女怔了一下：「姊姊？」

她盯著二娘，眼睛和嘴巴愈張愈大：「妳……妳是楊玉環？妳想起來了？」

「我都想起來了。」二娘拉起她的手，緊緊握住：「謝謝你們為我們做了這麼多，這份恩情，我們永遠都還不完的。」

「那沒什麼。」織女等不及二娘回答，興奮地問：「妳……妳怎麼想起來的？我要叫妳什麼？二娘？妹妹？阿環？」她忽然像是被打了一拳一樣，臉色一沉：「后羿和姮娥呢？金釵有沒有……啊，妳戴著。」

二娘瞥了眼還躺著的牛郎和李三郎，沉默了半晌。

「等他們都醒來再一起說吧。」

「發生什麼不好的事了嗎？」

「我也不知道該算好還是不好。」二娘露出一絲苦澀的笑：「經過這些事情，我愈來愈不知道什麼是好，什麼是不好了。」

「他們之間也沒什麼更不好的事能發生了。」牛郎坐了起來。

「你醒了！」織女掙脫二娘的手，一轉頭，緊緊地抱住牛郎。

二娘看了看牛郎，又看了看織女。

「你們要不要洗個澡，換一套衣服？我……我去幫你們燒水。」她說著起身。

「別走，別走啊。」織女立刻拉住她。

「還是你們想吃東西？」二娘神色慌亂，就像做了什麼壞事被逮個正著：「姮娥說剛醒來的時候不會餓的，我就沒準備……我……我現在就去。」

「別管那些了。」織女把頭向旁一撇：「妳不在這裡陪他，等他醒來嗎？」

二娘目光閃爍，看著李三郎，沒有說話。

「妳還沒原諒他？」織女問。

「不，不是……我知道他懂的。」

「那是為什麼？」

二娘遲疑了一陣，終於低聲說：「我好久……好久沒見到陛下了。」

「別擔心，他也很久沒見到妳了。」織女笑著說：「你想想，他知道妳記起來了，會有多開心？」

二娘看著李三郎，眼睛好像紅了。

他當然是會很開心很開心的。

「妳在這裡陪著他吧，我們出去走走。」織女說。

「不，別走。」這次換成二娘拉住她：「留在這裡……好嗎？」

就在這個時候，李三郎猛地整個人跳了起來。

他一眼就看見二娘。

「快走……」他喘了幾口氣，看見牛郎和織女好端端地坐著看他，立刻怔住。

二娘剛才還害怕的，此刻卻一點也沒有猶豫，一步步繞過織女，經過牛郎，到了李三郎面前。

她全身不斷地顫抖，還沒有說話，眼淚已先流下。

「陛下……」

李三郎整個人呆住了。

他望著二娘，二娘也回望著他。

他們什麼都沒有說，就只是靜靜地互相看著，看了好像永遠永遠那麼久。

先開口的是李三郎。

「阿環……阿環？」

「是我，陛下……是阿環，你的阿環。」二娘投入李三郎懷裡，臉頰貼上他的胸膛，雙手環住他的腰，手心捧著他的後背。

李三郎彷彿懵了。

「妳……妳不怪我，不怨我嗎？」

「怨，我曾經怨過的。」二娘抬頭，幽幽的眼神裡卻沒有一絲責怪的意思：「可是你來找我了，你找到我了，姮娥說……」

四、

四人用各自知道的部分，拼湊起了整件事情。

最後的部分，只有二娘曉得。

「姮娥離開的時候，說她會找個地方，挖個深深的坑將后羿埋起來，不讓他再傷害任何人。」二娘的臉沒有一絲血色：「不只如此，她還說要走遍天下的每一個角落，尋找解除誓願的辦法，得到真正的解脫。」

織女的臉色同樣蒼白：「想不到她選擇了這樣的方式。」

「她一直以為后羿有一天會懂她的心，可是過了兩千多年，她才知道后羿從來沒有試著了解她。」二娘說：「她告訴我，有的男人只是不懂，有的男人卻根本不想懂。她說陛下一直很後悔，四十年來一直在找我，甚至死了好幾次……」

「都過去了。」李三郎笑了笑。

「可是，可是……」二娘流淚。

「可是什麼？」

「早知道會讓陛下吃那麼多苦，當初我就……」

「不，不對。」李三郎用手指沾去二娘的淚水：「早知道會讓妳吃那麼多苦，當初我就不會讓妳一個人承受。」

他輕輕揉著二娘的手：「不要再叫我陛下，我不是皇帝了。」

二娘抽抽噎噎，吸了幾次鼻子，才問：「那要叫什麼？」

李三郎微笑：「妳喜歡什麼，就叫什麼。」

「真的？」

「真的。」

「好。」織女兩手一拍：「誰都不能哭。」

她說：「姮娥總算是離開了后羿那該死的傢伙，你們也真正團聚了，我們都應該要開心的。」

她摟住牛郎：「你們快到天上去吧，我們要去長安幾天，晚點再去找你們。」

李三郎搖頭：「我們要留在人間。」

二娘怔住了。

織女也嚇了一跳：「為什麼？」

辛辛苦苦阻止后羿奪走金釵，為的不就是要到天上？

李三郎看了二娘一眼，忽然低下頭：「他們說，天上的人都認為我是……」

「是什麼？」二娘問。

李三郎像是下定了什麼決心，抬起頭來，面對二娘。

「是昏君，天上的人說我是昏君。」

牛郎和織女面面相覷，他們並沒有這麼說過。

李三郎握起二娘的手，很誠懇地說：「阿環，我知道這樣很自私，但我不能接受……」

「李三。」牛郎的面色凝重：「你跟我出去一下。」

「你為什麼要騙她？」牛郎問。

李三郎彷彿有點感傷，有點無奈，又有點欣慰。

「她想起來之後，看見她傷心的樣子，我忽然懂了。」他說：「她已吃了太多苦，不應該再受到任何傷害。」

「你難道沒有想過，瞞著她才是在傷害她？」

「怎麼會呢？只要她不知道，就不會受到影響。」

「她不會受到那些人的影響，卻會受到你的影響。」

「我的什麼影響？」

「你們立誓願的時候，就是你想回到人間，而現在又因為你的關係不能到天上，你覺得她心裡會有什麼感覺？」

李三郎嘆息：「讓她怪我，總比讓她受傷害好。」

「你的意思是，讓你傷害她，總比讓別人傷害她好？你這樣和后羿又有什麼不同？」

李三郎的臉色立刻變了。

「我和他怎麼會一樣？」

「你們都自己決定了什麼對另一個人是好的。」

「我是真的為了阿環好，但他……」

牛郎「哈哈」兩聲打斷他。

「聽啊，和后羿說的一模一樣。」

李三郎怒道：「你是說我應該帶她到天上去，讓她忍受那些愚昧到了極點的羞辱？」

「我是說你可以讓她自己決定。」牛郎淡淡地說。

「光是讓她知道這件事情，她就不知會有多難過。」

「她在你眼裡就這麼沒有用嗎？三歲小孩被人欺負，回家找媽媽哭一哭也就沒事了，而她竟然連幾句愚昧到了極點的謾罵都無法承受？難道她在你心裡就是這樣的人？」

李三郎臉色發青，說不出話。

「千年是很長的時間，足以讓很多你沒想過的問題都出現，甚至愈是你認為理所當然、習以為常的事情，愈會出問題。」牛郎嘆了口氣：「你們還要再度過無數個千年，唯一會一直陪在你身邊的，就是她，唯一會陪在她身邊的，也就只有你，你能給她的力量，比誰都大，你能給她的傷害，也比誰都深。」

「我很坦白地告訴你，天上的人並不是每一對感情都很好，織女當初也和你們說過，後悔的人並不少。」他看著遠方：「而那些感情不好的，都有一個共通點。」

「什麼？」

「他們把所有傷害對方的事情，都說成是因為愛。」牛郎的聲音彷彿帶著幾分寂寥：「不，也許他們真的認為那就是愛了。」

「我……我該怎麼做？」二娘顫聲問。

「告訴他。」織女的回答簡單而明確。

「但是這樣子，他會很難過。」

「難道妳就不難過？」織女又是無奈，又是無力：「當年妳就是這樣，什麼事都聽他的，結果呢？」

她加重了語氣：「妳真的快樂嗎？妳真的以為只要忍耐就可以和一個人生活上幾千年嗎？」

二娘沉默。

「我可以告訴妳，天上選擇忍耐的，沒有一對感情好。忍耐太簡單了，天底下任何人為了活下去都能學會忍耐的，他們也只能這麼做，但是我們不同。」織女說：「我們不需要靠男人養，我們在天上不會老，在地上會復活，為什麼還要為了另一個人而委屈自己？」

「為了讓他過得開心？」

「錯錯錯，大錯特錯。」織女連連搖頭：「如果他知道妳不開心，難道他會開心？難道妳愛的是這樣的男人？這樣的男人妳還愛他？」

二娘咬著嘴唇，又沉默。

「姮娥忍耐了兩千年，我勸了她好久，她始終想不通。」織女幽幽地嘆了口氣：「我真的不希望看到妳也和她一樣。」

「可是……如果我不能支持他的決定，體諒他的痛苦，那……我有什麼資格愛他？」

「我沒叫妳不要體諒啊！」

「那是？」

「我是說，要讓他知道妳的感覺。」織女說：「妳不說，他永遠不會知道。」

「如果我說了，卻讓他難過呢？」

「那就是你們要一起面對的。其實長生殿已經暗示我們，要如何才能和心愛的人一起度過無盡的時光。」織女指著二娘的頭髮：「就在這裡。」

「什麼？」

「不論受長生、從天上到人間，還是要從人間到天上，都一定要兩個人同意的。」織女的雙眼充滿了期盼，看著二娘：「也就是說，無論哪一方都必須認真看待另一方的心情和想法，不能忽略，妳說是不是？」

五、

山不動，陽光燦爛，清風襲人。

它們都已在這裡凝望人世幾千幾萬年，將來也會繼續在這裡幾千幾萬年。

李三郎和二娘呢？

李三郎走進小屋，心跳得比腳步還快。

他忽然明白，當年楊玉環是帶著什麼樣的心情到溫泉宮去找他。

那些奇怪的執著，無謂的害怕，在他們的未來面前都變得微不足道，真正重要的就只有眼前這個人。

這個能點亮他生命，也被他點亮生命的人。

「阿環。」他開口：「有件事情，希望妳能好好聽我說。」

「好，我會好好地聽。」二娘很認真地看著他：「但是等你說完，我也有話要說。」

【全書完】

新鋭文學31　PG1579

新銳文創
INDEPENDENT & UNIQUE

長生殿

作　　者　秋風泉
責任編輯　喬齊安
圖文排版　周政緯
封面設計　葉力安

出版策劃　新銳文創
發 行 人　宋政坤
法律顧問　毛國樑　律師
製作發行　秀威資訊科技股份有限公司
114 台北市內湖區瑞光路76巷65號1樓
電話：+886-2-2796-3638　傳真：+886-2-2796-1377
服務信箱：service@showwe.com.tw
http://www.showwe.com.tw
郵政劃撥　19563868　戶名：秀威資訊科技股份有限公司
展售門市　國家書店【松江門市】
104 台北市中山區松江路209號1樓
電話：+886-2-2518-0207　傳真：+886-2-2518-0778
網路訂購　秀威網路書店：http://www.bodbooks.com.tw
國家網路書店：http://www.govbooks.com.tw

出版日期　2017年4月　BOD一版
定　　價　320元

Printed in Taiwan

國家圖書館出版品預行編目

長生殿 / 秋風泉著. -- 一版. -- 臺北市 : 新銳文創, 2017.04

面； 公分. -- (新銳文學 ; 31)

BOD版

ISBN 978-986-5716-93-6(平裝)

857.7 106003793

讀者回函卡

感謝您購買本書，為提升服務品質，請填妥以下資料，將讀者回函卡直接寄回或傳真本公司，收到您的寶貴意見後，我們會收藏記錄及檢討，謝謝！如您需要了解本公司最新出版書目、購書優惠或企劃活動，歡迎您上網查詢或下載相關資料：http:// www.showwe.com.tw

您購買的書名：________________________________

出生日期：__________年__________月__________日

學歷：□高中（含）以下　□大專　□研究所（含）以上

職業：□製造業　□金融業　□資訊業　□軍警　□傳播業　□自由業

□服務業　□公務員　□教職　□學生　□家管　□其它_____

購書地點：□網路書店　□實體書店　□書展　□郵購　□贈閱　□其他

您從何得知本書的消息？

□網路書店　□實體書店　□網路搜尋　□電子報　□書訊　□雜誌

□傳播媒體　□親友推薦　□網站推薦　□部落格　□其他__________

您對本書的評價：（請填代號　1.非常滿意　2.滿意　3.尚可　4.再改進）

封面設計____　版面編排____　內容____　文／譯筆____　價格____

讀完書後您覺得：

□很有收穫　□有收穫　□收穫不多　□沒收穫

對我們的建議：________________________________

____

____

____

請貼
郵票

11466
台北市內湖區瑞光路 76 巷 65 號 1 樓
秀威資訊科技股份有限公司 收
BOD 數位出版事業部

....

（請沿線對折寄回，謝謝！）

姓　　名：＿＿＿＿＿＿＿＿　年齡：＿＿＿＿　性別：□女　□男

郵遞區號：□□□□□

地　　址：＿＿＿＿＿＿＿＿＿＿＿＿＿＿＿＿＿＿＿＿

聯絡電話：(日)＿＿＿＿＿＿＿＿＿＿(夜)＿＿＿＿＿＿＿＿＿＿

E-mail：＿＿＿＿＿＿＿＿＿＿＿＿＿＿＿＿＿＿＿＿